愛の依頼人

藍川　京

幻冬舎アウトロー文庫

愛の依頼人

愛の依頼人＊目次

第一章　一夜花　7
第二章　百蓮《びゃくれん》　75
第三章　情熱花　144
第四章　花の香　223

第一章　一夜花

盆地だけに、夏の京都は過ごしにくい。

今年の夏は特に暑く、長く炎天下を歩いていると躰《からだ》がおかしくなる。

女は日傘にノースリーブで歩けても、男はせいぜい半袖《はんそで》に帽子。日傘というわけにはいかない。帽子は日除《ひよ》けになっても、湿気の多い日本では蒸れて暑く、決して涼しくはない。せいぜい扇子で涼を送るくらいだ。

「東福寺塔頭《たっちゅう》の光明院《こうみょういん》まで」

タクシーに乗った辻村は、運転手に行き先を告げた。

「場所、わかりますか？」

「えっ？」

「まだこの仕事、三カ月で、よくわからないんです。すみません」

まだ京都に精通していないらしい初老の運転手に逆に場所を訊《き》かれた辻村は、光明院ではしかたがないかと説明した。

光明院は、京都通しか知らない穴場の寺で、紅葉の時期は観光客も訪れるが、他の時期はしんと静まり返り、拝観者のいないことが多い。東福寺の六波羅門《ろくはらもん》から百メートルほど南に位置している。

辻村豪志《たけし》、四十八歳。弁護士。新宿で辻村法律事務所を構えている。ほとんど東京で仕事をしているが、たまに地方の知り合いから仕事を頼まれることがある。

今回、大学時代にアルバイト先で知り合い、以後、妙に気があって、今も友人関係の続いている同い年の阪井から仕事を頼まれた。今では京都在住のベンチャー企業社長だ。

裁判の日だけ京都に足を運べばいい。日帰りでも済むが、裁判が終わるまでは、訪れるたびに二、三日、観光して帰ることにした。

たいした裁判ではないので自信があるし、そう時間はかからないはずだ。長くても半年と見ている。それなら、夏から秋、あるいは冬にかけての京都の季節の移ろいを楽しめる。

阪井もわざわざ東京から弁護士を呼ぶほどのことではないとわかっていながら、呑み友達を呼ぶ感覚で依頼したのかもしれない。

辻村も仕事を受けたとき、京都との往復が面倒だとは思わず、観光をおまけにつけると、なかなか乙じゃないかと思った。景色も女も東京とは雰囲気がちがい、疲れを癒す妙薬になる。

銀座のクラブにも通っている辻村は、洗練されたホステスたちの和服は文句なく粋だと思っているが、舞踊や茶道、華道などの稽古ごとをしていると思える京都の女達の和服姿には、また異なった美しさを感じている。

夕方の京都では、舞妓や芸妓が座敷に出向く姿を目にすることもできる。京都ならではの粋な眺めだ。辻村は京都が好きで、過去に何度も足を運んでいた。

今回の仕事を頼まれるとき阪井に接待され、舞妓や芸妓を呼んでのお座敷も楽しめた。一見《いちげん》ではないので、その気になれば、お茶屋通いもできる。たまには粋に遊ぶのもいいが、女体への興味が尽きない辻村にとっては、素人女《しろうと》との情事のほうに興味がある。

弁護士は信用されやすい。得をすることも多いが、あとで問題が起きないように、相手の性格を洞察する能力も大切だ。女性問題で傷がつくのは情けない。仕事で、男女問題も何件も扱ってきたし、いっそう慎重になる。

タクシーを降りた辻村は石段を登り、門をくぐって光明院の玄関に入った。

メッシュの編み目が涼しげな白い鼻緒の草履が置かれている。他に履き物はない。和服の女がひとり、先客のようだ。

ついている。気持ちが弾んだ。

靴を脱ぐのももどかしいほど、辻村は和服の女への興味をふくらませていった。

京都では観光客を舞妓や芸妓に変身させるスタジオも多く、レディスホテルで和服をレンタルし、着つけまでしてやるところも多い。しかし、玄関の草履は、にわかに変身した女に貸すような安っぽいものではない。草履にまで気を遣うのは、和服を着慣れた女だ。

何歳ぐらいの女だろう。二十代でもいいし、還暦過ぎて履いてもおかしくないような草履だ。

光明院には受付も拝観料もない。太い竹筒があり、随意の志納となっている。五百円玉を入れることが多いが、涼しげな草履の女との粋な逢瀬《おうせ》を願って、辻村は千円札を入れ、庭を見るのもそこそこに、奥へと急いだ。

悟りの窓のある部屋にもいないということは、本堂だ。若者のように動悸がしてきたのが、我ながらおかしかった。

あまりに年配の女なら落胆するかもしれないが、それでも、凛《りん》とした女であるような気がする。

やはり、本堂に女はいた。

白地に淡い縦縞の入った塩沢紬《つむぎ》に黒い紗《しゃ》の名古屋帯を締め、扇子を手にしている。なかなか垢抜けた着物と帯の組み合わせだ。まとめ上げた髪に赤い玉かんざし……。

それだけで絵になっている。

「お邪魔します」

辻村は声を掛けた。

振り向いて軽く会釈した女は三十代半ばだろうか。想像していた以上の美人に、心臓が高鳴った。それでも、辻村はいたって平静を装い、笑みを向けた。

「この時期、ここにいらっしゃる人は少ないと思いますが、京都の方なら、穴場もご存じなんでしょうね。やっぱりこの時期、ここは静かでいいですね」

そう口にして、あまり話しかけては野暮な男と思われるかと、二メートルほど離れて腰を下ろし、口を噤《つぐ》んで枯山水の庭を眺めた。

背景には五月《さつき》の刈り込みがあり、白砂と苔と四十ほどの大小の石組みからなっている。ここは虹の苔寺とも呼ばれている。

静かだ。外は暑いが、開け放たれた堂内には涼しい風が吹き抜けている。

「うち、ここが好きで、最近、よう足を運ぶんどす。東京からきはったんどすか？」

やがて、辻村に顔を向けた女が口を開いた。

口を噤んでから長い時間が経《た》ったような気がしていただけに、辻村の緊張の糸が解けた。

庭を眺めていたのは形だけで、女のことが気掛かりでならなかった。

会釈されたときに見た綺麗な眉の形や理知的な目、色っぽい唇が鮮烈に焼きついて妙にそそられ、着物を脱がせたらどんな躰をしているだろう、営みのときはどんな声を洩《も》らすだろう、法悦を迎えたときはどんな表情を浮かべるだろう……。

庭に目を向けたまま、辻村はそんなことばかり考えていた。

「東京からの出張ですが、綺麗な京都弁を使われますね。京都のお生まれですか？」

辻村は女との会話が始まったことが嬉しかった。そして、魅惑的な女だけに、むろん、抱いてみたくてならなかった。

「アクセントがおかしいのに気づきませんでした？　京都の大学に通っていたときに今の主人に見初《みそ》められて、京都弁を猛特訓したんです。元々東京なんですよ」

標準語に変わった女が、クスリと笑った。

「なんだ、東京でしたか。まるで地方から出てきた子の舞妓修業みたいだな」

「あら、がっかりしはったんどすか？　そなら、京都弁に戻らしてもらいます」

悪戯《いたずら》っぽい笑みに、辻村も釣られて笑った。

がっかりしたのは東京の出だからではなく、京都の男に見初められて結婚したと言われたからだ。男女の関係は望み薄だろうか。

「京都出張って、どないお仕事どすやろ」

「これでも弁護士です。最近は詐欺師も多いし、疑われるかもしれませんが」

「まあ、そうどすか……弁護士はんなら、ただでお話聞いてもらうわけにはいきしまへんどすやろな」

冗談とも本気とも取れる口調だ。

「こんなにきれいな庭を眺めながらの話で、代金のことなんか考えるはずがないじゃありませんか。何なりと聞かせていただきますし、アドバイスもおまけにつけますよ」

女に何か相談ごとでもあるのなら、近づくいいきっかけができる。

「秘密のことどすし」

「口は堅いです。そうでなくちゃ、この仕事は勤まりませんし」

「実は……アリバイ工作完璧にしてきたつもりどすけど、主人を危《あや》めてきたばかりどす」

声をひそめ、まじめな顔で言われ、辻村がギョッとして喉《のど》を鳴らすと、女がクッと笑った。

「そないな顔しやはるなんていややわ。夫を危めてきたばかりの女が、こないなところで悠長に庭を眺めてるのは不自然ちがいますやろか」

「いや、本気かと思って驚いた。まじめな顔をして言われただけに」

「さっそく殺人犯の弁護を引き受けようとでも思わはったんかしら」

「事実なら、もちろん引き受けますよ。あなたのような気品のあるご婦人が殺人を犯すなんて、よほどの事情がおありだったんでしょうから」

「ほんま、いややわ。まじめなお顔しはって」

「まじめな顔で言いますが、明後日《あさって》まで京都でゆっくりするつもりなんです。夕飯をご馳走させていただくわけにはいきませんか？　無理なら昼ご飯でも。それも無理ならコーヒーでも。これも何かの縁という気がして」

「考えさしてもらいますと言いたいとこどすけど、ほんま、何かの縁かもしれまへん。うち、森脇沙羅と申します。沙羅双樹の沙羅どす」

「沙羅さんですか……」

あまりにも女に似合いの名前に、辻村はかえって意表を突かれて驚いた。

辻村は名刺を渡し、今泊まっているホテルのルームナンバーを教えた。

「名刺をお渡ししておきます。ルームナンバーを書いておきますから」

辻村はボールペンを出した。

「待っておくれやす……そんなもん見つかったら言い訳できしまへん。名刺にお部屋の番号は書き込まんといておくれやす」

慌てている沙羅に、どじなことをするところだったと辻村は冷や汗を掻《か》き、別の紙に書いて渡した。こんな失態はあまりないが、沙羅の魅力に脳味噌まで麻痺しているらしい。

「あと一時間もしたら部屋に戻っていますから、ケイタイにでも部屋にでも電話して下さい。夕食をいただけるといいんですが、ご主人がいらっしゃるなら無理かな」

「うちの人、家で夕飯をいただく暇なんてほとんどありまへんし、早くても十一時ごろにしか帰って来ぃしまへん。うち、華道教室を開いてますけど、今日は教室もない日どすさかい」

「華道のお師匠さんか。今、東京の人ということを忘れていた。どう見ても京女だ」

「さよか。うち、ほんま、京女どすえ」

辻村が、えっ？　という顔を向けると、

「冗談言えしまへんなぁ。もうおちょくるのやめますさかい、かんにんどっせ。うち、ほんまに東京生まれの京女もどきどす。ほな、また後で」

沙羅は悪戯っぽい目をして本堂から出て行った。

沙羅の着物から漂い出たかすかな匂い袋の香りが風に乗って、辻村の鼻孔に甘やかに触れた。

本堂でひとりになると、幻を見ていたのではないかという気がした。

白い涼しげな草履の主を探すと、はっとするほど粋な着物を着た秀麗な女で、名前は沙羅……。

できすぎている。

今夜、本当に再会できるだろうか……。

そう思ったとき、沙羅に名刺を渡したものの、沙羅の電話番号も何も訊かなかったことに気づいて狼狽《ろうばい》した。

不倫など簡単にするようには思えない華道の師匠、しかも人妻が、会ったばかりの男に会いに来るだろうか。生徒がいる限り、地元では人目も気にしなければならないはずだ。何か話したいようだったが、さほど重要でないなら、考え直して外出を控えるかもしれない。

どうかしてるぞ。間抜けな男だ……。ケイタイの番号も訊かなかったんだぞ……。

魅惑的な女に惑わされ、ヘマばかりしている自分が情けなかった。

辻村はまじめな男に見られる。だから、仕事柄、女にも信用されやすく、多くの女との情事を楽しんできた。仕事はまじめにやっているし、弁護士としての自信はある。家庭も大切にしてきた。色恋に関して、女を騙《だま》して自由にしたことはない。仕事同様に、女にも自信があった。

それが、今日はどこか抜けている。

来てくれ……。もう一度、会いたい……。

辻村は沙羅のいた場所に移り、ぬくもりを確かめるように、自分の身を置いた。

沙羅からの電話は半々かと、賭《かけ》に出るような気持ちでホテルの部屋で落ち着かない時間を過ごした。

本を読んでいたつもりが、気づくと同じところばかりに視線をやり、まったく進んでいない。沙羅のことばかり考えている。

沙羅が着物で躰を隠していただけに、より妄想はふくらんでいく。ミニスカートやノースリーブの女より、躰を隠す部分の多い和服のほうが艶《なまめ》かしい。風で裾《すそ》がちらりとまくれたときに覗《のぞ》く足元は、最初から素肌を見せている若い女の脚より本能をくすぐる。

襟足の美しさも、辻村の欲望をそそる。肌をいっぱいに出した女の襟足には興味がないが、和服の女の襟足を見るとゾクゾクする。体型を隠して着つけているだけに、すべてを剝《は》ぎ取ったとき、どんな女体が現れるかを想像するのも楽しい。チラリズムの色っぽさだ。

沙羅は撫《な》で肩で顔も小さく、首もほっそりしていた。肌も白い。きっと美しい躰をしているだろう。濡れたように艶《つや》やかな唇から、どんな喘《あえ》ぎ声を洩らすだろう……。

不倫などしそうにない女に見える。肌のぬくもりを知ることができるかどうか、可能性は低いものの、今日でなくても、いつの日か抱けるなら本望だ。

裁判が延びれば会える可能性が増える……。

そんなことまで脳裏を過《よ》ぎり、どうかしていると、沙羅に魅入《みい》られてしまっている自分に呆《あき》れた。今後会えるかどうかより、今夜、連絡があるかさえわからない。なければ、光明院での一期《いちご》一会《いちえ》で終わり、再会は難しくなる。

沙羅の花は一夜限りの花だ。朝に咲き、夜にはすべて落下する。

まだ咲いてもいないのに……。

辻村は何度も溜息《ためいき》をついては、そのたびに時計を眺めた。

ケイタイが鳴った。

ドクッと心臓が高鳴り、反射的にケイタイを取っていた。

「おう、やけに早いじゃないか。女からの電話を待っていたとか」

辻村に裁判の弁護を依頼している阪井の声だ。

「当たりだ。大当たり」

沙羅でないとわかって落胆した。

「呆れたな。退屈しているなら呑みにでも誘おうと思ったんだ。いい女がいるし」

「こうしている間にも、電話が入るかもしれない。こちらは退屈することはないし、裁判も上手《うま》くいくだろうし、またにしよう」

沙羅の姿を思い浮かべて気が急《せ》いた。

「相変わらず元気だな。ひとり分の呑み代なら請求していいが、デイト代は請求するなよ」

阪井が笑いながらケイタイを切った。

同時に、また呼び出し音が響いた。

今度こそ……。

辻村は確信した。

予想どおり、電話は沙羅からだった。

京都の夏と言えば鱧《はも》料理。電話を切った後、辻村は、すぐにホテルの割烹に鱧のコースの予約を入れた。

先に割烹で待っていると、沙羅は昼間の白地の着物とは雰囲気のちがう、黒と藍鼠《あいねず》の縦縞の縮緬《ちりめん》地の単衣《ひとえ》に、藍鼠よりやや濃いめの帯を締めて現れた。

あまりの色っぽさに、辻村は息を呑んだ。

「着替えてきたのか……？」

「この暑さどす。汗かいてしもうたんどす。失礼どすやろ？　それに、友達と、ちょっとぶ飲みにという感じのほうがよろしかと」

「お茶を飲みにというにしては目立つな。何を着ても目立つ人だ。惚《ほ》れ惚《ぼ》れする」

沙羅は恥ずかしそうにうつむいた。

こんなに目立つのでは人目が気になる。座席ではなく座敷を予約したので他の客と顔を合わせることはないが、沙羅は人妻で地元の女。華道も教えている立場なら、食後、バーで呑むのも考えものだ。

「人に見られたら困るだろう？」

「かましまへん。辻村はんは弁護士さんどすし、教室の移転のことで相談していたということにしますし。ビルの持ち主が変わって、やけにお家賃が上がるんどす。えげつないどすやろ？　ちょっと恐《こわ》い人の手ェに移ったんやないかという気もして」

沙羅は、簡単に家賃のことを説明した。

鱧の洗い、鱧の椀、鱧寿司と、見事な盛り合わせの上品な料理が次々と運ばれてきた。沙羅の箸の動きもぐい呑みを口に運ぶしぐさも、うっとりするほど流麗だ。つい見とれてしまう。

「うちの人のことどすけど……」

世間話の続いた後で、沙羅は日本酒をキュッと空《あ》けると、大学を卒業してすぐに結婚したものの、最近、夫に女がいるようだと溜息混じりに話した。

こんな文句のつけようのない女の夫が、他の女に興味を持つはずがない。自分が沙羅の夫なら……と、辻村は考えた。

「気のせいやあらしまへん。半年前に入った仲居さんとできてます」

「仲居さん……？」

「うちの人、四条のほうで料理屋やってます」

「えっ？　じゃあ、もしかして、鱧料理もやってるんじゃないのか……」

「へえ。けど、うちは、お客はんとちがいますし。店には、うちが花を生けてるんどす。花生けに行ったとき、仲居さんといやらしことしてるとこ、たまたま見てしもうたんどす。ふたりには気づかれまへんどしたけど」

沙羅は声をひそめた。

「つまり、その……男女のナニを……？」

沙羅の前では口にしづらい言葉だ。

「口合わせてるとこどす。うちの人の帰りが、ときどき午前様になるようになったのも、その人を雇ったころからどす」

哀しそうな沙羅の目に煽《あお》られ、辻村は今夜、この女を抱かなければと思った。

「戯《たわむ》れのキスだけかもしれないし」

「そんなことあらしまへん」

辻村がわざと夫を庇《かば》うようなことを言ってみると、沙羅は憐憫《れんびん》を誘うような目から、拗《す》ねたような可愛い表情に変わり、それがまた辻村の獣欲を掻き立てた。

「そうだな。まあ、できてるかもしれない。でも、離婚する気もないだろう？　未練たっぷりの顔をしてる。ご亭主も遊びだろうし」

「遊びやなんて……」

沙羅が怒ったような顔をして、空《から》になった小さなぐい呑みを差し出した。

「あんまり呑むと酔うぞ。人妻を送っていくわけにはいかないし、泊まっていくわけにもいかないだろうし」

「うちの人、今日は大事なお客さんとのつき合いがあって、遅うなる言うてました。それも、朝になるかもしれへんと。きっと、あの人と過ごすんどす」

初めて夫と仲居への不満を他人に話したのかもしれない。沙羅は心を許している。辻村はそう確信した。不倫しようとまでは思っていないだろうが、理解されたくて甘えている。酒の力もあるだろうが、いい方向に進んでいると辻村は思った。

「あなたの名前を聞いたとき、沙羅というのがあまりにもぴったりという気がして面食らったんですよ。今どき、あちこちの寺で沙羅の花も咲いてるころじゃないのかな。京都じゃ、特に東林院《とうりんいん》が有名だったな」

酒を注ぎながら言った。

「そろそろ終わりかたどす。それに、沙羅といっても、日本でそう呼ばれているのは、正式には夏椿どす。沙羅とは別の花どす。知っといやした？」

説明しながら、なぜか怒った口調で言うのがおかしかった。艶やかなだけの女と思っていたのに、やけに可愛い。ますます心が傾いていく。

沙羅を酔わせたい。けれど、ほろ酔いはいいが、酔っ払うと困る。辻村は沙羅を観察しながら、加減して酒を注いだ。

「注いでくれはらしまへんの？　しぶちん」

「うん？」

「しぶちん、わからへんの？　けち」

ぐい呑みを差し出されたものの、徳利が空だと嘘をつくと沙羅がむくれ、辻村はおかしかった。

「少しゅっくり呑もう。旦那さんの帰りはまだまだじゃないか」

子供っぽさを出しているにも拘《かか》わらず、頰《ほお》のあたりがほんのり桜色に染まって、やはり沙羅は色っぽい。大人と子供がない交ぜになっているようで、不思議な魅力に溢《あふ》れている。

「いけずやわ」

「おい、仲居さんが来たみたいだぞ」

辻村がそう言ってみると、沙羅はぐい呑みをさっと座卓に置き、姿勢を正してすました顔をした。

辻村はクッと笑った。

沙羅を部屋に誘うのは、思っていた以上に容易だった。

「弁護士はんなら信用でけます。変なことなんかしやはらへんですやろ？」

心地よく酔っているのか、続きは部屋で呑みながら話そうかと言うと、沙羅はそう答えた。

しかし、いっしょにエレベーターに乗り、同じ階に降りるのは人目があって危険かと、辻村の後のエレベーターに乗って、いったん最上階のレストランまで行き、そこから降りてくるよう言ってみた。

もし、気が変わってそのまま帰ってしまったら……と不安も掠《かす》めたが、今さら考えても仕方がない。

部屋に入り、時計ばかり気にしていると、やっと五分ほどして沙羅がやってきた。

ドアスコープから廊下を見ていた辻村は、ノックされる前に、さっとドアを開いた。

「いやっ、驚いた」

沙羅は胸元を押さえた。

「誰もいてはらしまへんの？」

「当たり前だろう」

「けど、ダブルのベッドやわ」

沙羅は部屋を見まわした。

「寝相が悪いから、ひとりのときもダブルだ。酒かワインか、それともウィスキーかな？」

「おおきに。けど、美味《おい》しいお水、いただきたいんどす」

酒ではなく水と言われてホッとした。朝までいっしょにいられるなら、もう少し酔わせてみたいが、人妻だけにそうはいかない。

冷蔵庫からミネラルウォーターを出し、グラスに注いで窓際のテーブルに置いた。

テーブルを挟んで肘掛《ひじか》け椅子も置いてあるが、沙羅がソファに座ると、辻村は右隣に並んで座った。昼間と同じ匂い袋の香りが仄《ほの》かに鼻孔をくすぐった。

「話を聞いてもろたら、だいぶすっきりしました。弁護士はんとあないなとこでお会いするなんて、ほんま奇遇どした」

「完全にすっきりするまで話したらどうです？　気持ちの上だけじゃなく、いろいろ鬱々《うつうつ》としてるんでしょう？　この半年、あっちの方の回数も少なくなってたんじゃ」

「いややわ……」

恥じらいと困惑を見せた沙羅は、グラスの水をコクコクと半分ほど飲んだ。

沙羅がここまで来たのは、軽い酔いのせいだけではないはずだ。辻村に心を許し、満たされていない夫との欲求を何とかしたい気持ちもあるはずだ。

「酒を呑むと喉が渇くな。もう少し飲んだほうがいいんじゃないか?」

辻村は沙羅の手からグラスを取り、自分の口に含んだ。そして、沙羅を引き寄せて唇を塞《ふさ》いだ。瞬時に沙羅の総身が強《こわ》ばった。

沙羅の口は固く閉じられ、受け入れる体勢ができていない。水を飲ませることができずに自分で飲み込んだ辻村は、沙羅の唇のあわいに舌を押し込んだ。

辻村はこじ入れた舌を動かし、沙羅の口の中をまんべんなく触れていった。

「んん……」

沙羅はイヤイヤをして逃げようとする。それをグイと左手で引きつけておき、右手を胸元に入れて乳房を探った。

「くっ……」

唇を塞がれている沙羅は、鼻からくぐもった声を洩らした。

やはり逃げようとしている。けれど、本気で逃れようとしているのではない。それがわかれば、後はじっくりと責めていけばいい。

やわやわとした乳房が、わずかに汗ばんでいる。見るまでもなく、形のいいふくらみとわかる。シルクのように触り心地がいい。

乳首に触れると、また沙羅の総身は硬直し、鼻から熱い息が洩れた。

小さな果実をいじりまわしていると、すぐにコリッとしこり立ち、指先をくすぐるように、コロコロと転がった。

「んふ……くっ」

感じすぎるのか、辻村の指を避けようと絶えず躰がくねる。鼻から切なそうな喘ぎも洩れ、ますます色っぽさが増した。敏感な躰だ。

乳首が硬くしこっているだけに、すでに下腹部が濡れているのが想像でき、辻村は早くそこに触れたかった。けれど、性急に動くのはよくない。

沙羅とは初めてなだけに、最終地点に辿《たど》り着くまでじっくりと、そして確実に燃え上がらせていくことだ。解き放しても、囲いから出て行かない状態にするのが大切だ。これほど艶やかでいて可愛い女が、ここまで来てくれたのだ。このチャンスを大切にしたい。

唇を合わせたまま、舌で歯茎や口蓋《こうがい》に触れながら、わざと片方の乳首だけを指先でいじりまわした。

「んん……」

鼻から洩れる息が、ますます湿り気を帯びてきた。乳首の愛撫から逃れようとしているのか、細い肩先が休みなくくねっている。冷房が効いているにも拘わらず、沙羅の皮膚はいっそう汗ばんできた。

そろそろ頃合いと思えるころ、辻村は顔を離した。

「このままじゃ、着物に皺《しわ》が寄る。それに、暑いだろう？　帯を解いたほうがいい」

「いや……」

「じゃあ、帰るか？」

「いや……」

上気した顔を伏せ気味に、沙羅が小さな声で言った。

「帯を解くのもいや。帰るのもいやか。困ったな。じゃあ、帯は解かないと約束しようか。ここは暑苦しい。あっちに行こう」

「いや……」

「またいやか。帯は解かないと約束すると言っただろう？　これは約束だ」

沙羅を立ち上がらせ、手を引いてベッドのほうに向かった。

ベッドの縁に腰掛けたまま、沙羅は黙りこくってうつむいている。最初から積極的になられてはしらける。

人妻でありながら、夫にないしょで他の男と会っているだけでなく、ホテルの一室で唇まで合わせたのだ。沙羅の戸惑いや後ろめたさが伝わってくるだけに、なおさら可愛く思え、これからのことを考えただけで辻村の股間のものがひくついた。

「旦那さん、仲居さんとできてから、あまり触ってくれないのか？」

夫への不満や苛立《いらだ》ちをときどき思い出させるのも、これからの時間には必要だ。夫への後ろめたさだけが増していけば、帰ると言い出すかもしれない。

「旦那さんと仲居さん、最後までいってるんだろうか」

「当然どす！」

沙羅がうつむいていた顔を上げ、口惜しそうに言った。

「じゃあ、旦那さん達と五分五分で。いや、冗談だ。そんなことは言わない。帯も解かないと約束したしな。最後まではいかない。それだったらいいだろう？　沙羅さんは女の盛りだ。毎日でも欲しいんじゃないか？　適当に不満を発散させないと、精神が追いつめられる。その前にうまく心を解放したほうがいい。満足いくように触ってあげるから」

沙羅は羞恥の色を浮かべ、またうつむいた。

「解いてと言われない限り、帯は絶対に解かない。してと言わない限り、最後のこともしない。約束は守る。嘘はつかない。名刺も渡したし、他に何か不安なことでもあるのか？」

辻村はやさしく言った。

約束は守るつもりだ。しかし、沙羅は最後に求めてくる。辻村には自信があった。

また抱き寄せ、唇を塞いだ。

舌だけに神経を集中させ、感じるところを敏感に察知しながら動かした。

「んふ……んん……くっ」

沙羅の鼓動が辻村の胸に伝わってきた。

受け身だった沙羅が、ようやく舌をチロチロと動かしてきた。舌と舌が絡まり、唾液《だえき》を貪《むさぼ》りあった。

辻村は唇を合わせたまま、沙羅をベッドに倒していった。

「あきまへん……」

顔を左右に振って離した沙羅が、掠れた声で言った。

「だめじゃないだろう？」

「帯……解いておくれやす……着物に皺が寄ったら……うち、帰られしまへん……」

思っていたより早く、沙羅は辻村が望んでいたことを口にした。

「解いていいのか？　帯を解いたからって、最後までいかないから安心していていい。女との約束を違えたことはないから」

この分なら案外早くひとつになれそうだと思いながら、辻村は沙羅の半身を起こし、帯締めと帯揚げを解き、帯を落としていった。

「帯だけでいいのか？」

「着物……」

「そうだな。着物に皺が寄るんだったな」

強制しなくても、沙羅の口から嬉しい言葉が放たれる。

辻村にはわかっていたことだ。

イソップ物語の北風と太陽の話のように、乱暴にことを進めるより、時間をかけてゆっくりとやさしく進めるほうが、結局、思いどおりになる。女を自由にしたいなら、友好的に愛情をもって責めていくことだ。

着物を脱がせると、涼しげな水色の絽《ろ》の長襦袢《ながじゅばん》が現れた。しかも、品よく水紋が入り、しゃれている。長襦袢にまで気を遣えるのはかなりの通だ。

「これで皺が寄る心配はないな。着付けは早いんだろう？」

沙羅はコクリと頷《うなず》いた。

また唇を塞いで仰向けにし、今度は執拗《しつよう》に舌だけを動かし、乳房にも触れなかった。

「んん……んふ……んんっ」

これまでの時間で、口蓋と歯茎が感じるのもわかっている。同じところだけ刺激されると、敏感になりすぎて辛《つら》くなる。他のところにも触れてほしいと思うだろう。沙羅の女園が疼《うず》きはじめ、濡れているのも想像できる。けれど、躰を重ねる決心はつきかねているかもしれない。簡単に躰を許すような女には見えない。これまで夫一筋だった気がする。

「んん……いや……いやっ」

大きく頭を振った沙羅が顔を離した。

「いやっ……だめ」

火照《ほて》った沙羅の顔が、今にも泣きそうに歪《ゆが》んでいる。

「最後までしないと約束しただろう？　大丈夫だ」

そう言った後で、沙羅の目から視線を離さず、懐《ふところ》に手を入れ、コリコリになっている乳首をつまんだ。

「あう……」

眉間《みけん》の小さな皺と、半開きの唇から洩れる切なそうな喘ぎが、辻村の肉茎をひくつかせた。

それでも冷静を装って、視線を外さず、二つの乳首を交互に玩《もてあそ》んだ。

「こんなに硬くなって、もしかしたら下のオマメも硬くなってるかもしれないな」

沙羅は固く膝《ひざ》を合わせたが、じきに開いていくのはわかっている。堅いつぼみは時期がくれば必ず開き、かぐわしい蜜をしたたらせ、蝶や蜂を悦《よろこ》ばせる。

沙羅の下腹部の秘密の花園に隠れている花のつぼみは、可愛いつぼみをほころばせはじめているはずだ。

「乳首をいじってると、ますますきれいな顔になるな。食べてみたい」

辻村はグイと長襦袢の胸元を左右に割った。餅のように白くすべすべした乳房が、今にもとろけそうなふくらみをもってまろび出た。

しこり立っている乳首を口に含むと、あっ、と喘いだ沙羅が、反射的に胸を突き出した。

乳首を軽く吸い、舌先で頂点をつついて唇に挟んでやわやわとしごきたてると、沙羅は我慢できないというように、辻村の顔を押しのけようとした。その両手を肩の横で押さえ込み、できるだけソフトな愛撫を続けた。

「いや……かんにん……あう」

沙羅の肉は疼きに疼いている……。

それがわかっていても、辻村はひとつになりたいのを我慢し、ひたすら乳首だけをやんわりと責め続けた。

「かんにん……だめ……やめて……やめておくれやす……んんっ」

沙羅の肌は汗ばみ、肩先をくねらせて、辻村の愛撫から逃れようとする。

「せっかくのしゃれた長襦袢が汗で台無しになる。脱ぐか？」

「いや……」

「最後まではしないと言ったじゃないか。たとえ全部脱いでも、強引なことはしない。濡れた長襦袢の上に上等の着物を着るのはいやだろう？」

忍耐強く、少しずつ少しずつ沙羅の素肌に近づいていく。

「今のうちにハンガーに掛けて乾かしたほうがいい。だいぶ汗を掻いたみたいだ。長襦袢、脱がなくていいのか？」

「ほんまに変なことしぃへんて……約束してくれはります？」

すでに躰はその気になっているのに、人妻としての理性が働いている。なかなかいい。

「あれは変なことなのか」

辻村が笑うと、沙羅は顔を背けた。

「してとでも言われない限りしない。何もしないで帰してあげるから大丈夫だ。服だって着たままなんだぞ」

言葉とは裏腹に、ここまできて何もしないで帰せるかという気持ちだ。沙羅の躰も男を欲しがっている。しかし、急いては事をし損ずる、急がばまわれ、だ。

辻村が半身を起こしてやると、沙羅は伊達締め《だてじ》めを解き、背を向けて長襦袢を脱いだ。辻村は湿ったそれを手にして立ち上がり、ハンガーに吊してやった。長襦袢にも匂い袋のかぐわしい香りが染みつき、辻村を優雅な気分にさせた。

振り返ると、沙羅はうつぶせになり、布団を被《かぶ》っている。子供のように可愛い。

布団を剝ぐと、身を守るように両手を交差させて乳房を隠した。今までいじられていたのにとおかしかったが、これ以上触られては感じすぎて耐えられないのかもしれない。

肌襦袢が邪魔で捲《まく》り上げた。これは約束違反ではない。汗ばんだ背中がねっとりと光っている。肩胛骨のあたりがいかにも女らしくてやさしい。

背中にさっそく舌を這《は》わせると、すぐに沙羅があえかな声で身悶《みもだ》えた。

乳首への執拗な愛撫で、全身が敏感になっている。元々感じる体質とわかるが、さらに反応がよくなり、秘密の花園に近づくのは時間の問題と、辻村の心は弾んだ。

うなじを舌で滑ると、そそけだつほど感じているのが伝わってきた。

着物に忍ばせていた匂い袋はすでに躰から離れているのに肌に染みつき、仄かに鼻孔を刺激する。しかし、沙羅が汗ばむほど、肌から漂い出す甘やかな香りが強くなってきた。沙羅自身が一本の香木になり、気品に満ちた香りを放ちはじめている。

「だめ……あう……かんにん」

背中をまんべんなく舐《な》めまわしていると、沙羅の声は、すすり泣くような掠れた喘ぎに変わっていった。

腰を隠している湯文字を捲り上げたかったが、白い足袋が目に入った。

こはぜを外し、右足の足袋を脱がせた。沙羅は抵抗しない。薄い桜色のペディキュアが清潔だ。

うつぶせの沙羅の右足を取って九十度に持ち上げ、親指を口に入れた。

「くっ！　いやっ！」

予想以上に沙羅は大きな声を上げ、本気で逃げようとした。

「だめっ！　いやっ！　んんっ！」

指と指の間を舐めた。

「くううっ！」

いっそう沙羅は声を上げ、逃げようと暴れた。渾身の力で足首を握り、蹴《け》られようとするのを防ぎながら、足指の間だけ責め続けた。

「いやいやいやっ！」

しっとりした人妻とは思えない激しい抵抗が、かえって辻村の獣欲を燃え上がらせた。

足を離し、ひっくり返した。

湯文字に丸いシミができている。思っていたより大きなシミだ。敏感な沙羅が蜜をしたたらせているのは、見るまでもなくわかっていた。着物を着慣れた女だけに、ショーツを穿《は》いているはずもない。

「腰巻きも取っておくんだったな。洩らしたようなシミができてしまったぞ」

「嘘……嘘」

沙羅は肩で喘ぎながら言った。

「ジュースじゃないなら、本当に洩らしたのかもしれないな」

「嫌い……」

「京都弁じゃ、嫌いはタコじゃないのか？」

「好かんタコ！」

プイと顔を背けた沙羅は童女のようだ。

「なるほど、嫌いは好かんタコか。嫌われついでに腰巻きを剝ぎ取るか」

「いや！」

「これ以上、何かするわけじゃなし、僕は別に困らないが、濡れたままだと気持ち悪いだろう？　おしまいにしてお茶でも飲むか？」

沙羅が十分に昂《たか》まっているのがわかっているだけに、辻村はわざとそう言った。

「いけず……」

沙羅が泣きそうな顔をした。

「セックスはしないと約束したからな。だけど、まだ続けてほしいなら口でしてやろうか」

辻村は耳元で、わざと囁《ささや》くように言った。

「何もしぃへん言わはったくせに……うち、いなしてもらいます」

　してもらいたいくせに、沙羅はなぜか拗ねている。拗ねている女は可愛い。けれど、拗ねた後は難しい。右に転ぶか左に転ぶか、まったく逆の行動をとる可能性がある。本当に帰ると言い出すとまずい。

辻村はこれまでの体験を踏まえ、湯文字を強引に捲り上げようとした。

「だめっ！」

沙羅は慌てて湯文字を押さえた。

「そんな大きな声を出すと、きっと誰か飛んでくる。ドアをノックされたら、大騒動にならないために、すぐに開けるしかないな」

沙羅がハッとして口を噤んだ。

「何もしないとは言わなかったはずだ。最後のことはしないと言ったんだ。だったら後ろめたくないだろう？　今夜、旦那さんのほうはお楽しみかもしれないが、こっちはあくまでもセックスなしの戯れだけだからな」

沙羅がこの部屋に来たきっかけを思い出させた。

「暑いわ……シャワー、よろしおすか……？」

「ああ、かまわない」

辻村が湯文字の紐《ひも》を解いてやると、沙羅はそれを押さえてベッドから降りようとした。恥じらいのある女なら、辻村の前で腰のものは取らず、浴室で脱ぐだろう。しかし、まだシャワーを使わせる気はない。洩らしたように濡れた花園を観察し、たっぷり溢れている蜜を味わいたい。

辻村は紐の解けている湯文字に手を掛け、グイと一気に剝ぎ取った。

「あっ！」

慌てた沙羅は、両手で漆黒の翳《かげ》りを隠した。

「シャワーは使っていい。だけど、後の話だ。どうせ、また汗を掻くじゃないか」

「嘘つき……」

「嘘はついてないだろう？　今使っていいとは言わなかった。そこ、見せてくれないか」

「いや……」

「シャワーを浴びないで今すぐ帰るか？　それとも、大事なところを隠してる手を退けるか？　どっちだ？」

「いけず……好かんタコ」

「手を退けるんだ」

「いや……」

命令口調で責めていくと、いやと言いながらも、沙羅の口調は徐々に甘えの伴ったものに変化していった。

「そうか、すぐに帰るのか。残念だな」

わざとベッドから離れると、

「いけず……いけず……いけず」

沙羅がすすり泣き始めた。

可愛い女の泣き声は、どうしてこれほどオスの官能をそそるのだろう。股間のものが疼いた。

沙羅は完全に落ちた。そう確信した辻村は、ベッドに戻り、沙羅を抱き寄せた。唇を合わせると、沙羅は貪るように舌を絡めてきた。

積極的に唾液を奪う沙羅に、辻村も舌を絡めて動かした。

沙羅の総身から熱気が放たれている。

もうじき沙羅の女園を見ることができる。

初めての女の秘園を見るときは期待に昂ぶる。色も形も匂いも、十人十色。同じものは決してない。想像通りの女の器官が現れることもあれば、予想がまったく外れることもある。どちらにせよ、女の器官はオスの獣欲をそそる。

沙羅の花びらは小振りできれいな色をしているだろう。女壺の入口は狭く、それでも伸縮性に富んでいて、やさしく男を受け入れ、肉のヒダが心地よく肉茎を握りしめてくるだろう。この予想は外れない気がした。

沙羅は焦《じ》れったいように唾液を貪っている。そうすることで、全身に広がっている疼きを癒そうとしているのがわかる。

口づけを続けながら、辻村はまた乳首をいじりまわした。

沙羅の鼻から洩れる湿った熱い息が、辻村の顔を濡らした。

「んんんん……」

汗ばんだ沙羅の総身が、今までより妖《あや》しくくねりはじめた。疼いている下腹部に触れない辻村に、じっとしていることができなくなっている。

そのうち、沙羅の息が乱れてきた。我慢も限界に近づいてきたのか、大きく頭を振って渾身の力を入れた沙羅が、合わさった顔を離した。

「いや……」

切なそうな視線を向けられ、息苦しくなるほどそそられた。扇情的なまなざしには、若い女には真似しようもない艶やかさがある。

「ね……ねェ」

すがるような目と肝心なことを言えないでいる小さな口元に、獣の血が滾《たぎ》って肉茎が痛んだ。

「うん？　どうした？」

何も気づいていない振りをして訊いた。

沙羅はまた泣き出しそうだ。

「ねェ……」

わかって……というように、沙羅がいっそう熱っぽい目を向けた。そして、もどかしそうに腰をくねりと動かした。

「何が言いたいんだ？」

辻村は助け船を出してやった。

「ね、して……」

ようやく聞き取れる掠れた声だった。

「最後まではしないと約束したのに、してもいいのか？　服も着たままじゃないか。そうか、口でしてやればいいな」

合体しない素振りを見せ、沙羅の太腿《ふともも》のあわいに躰を入れて、膝が胸につくほど押し上げた。同時に、肉のマンジュウに載った漆黒の翳りが辻村の目の前に広がった。

「いやあ！」

唐突に秘園を晒《さら》され、沙羅は慌ててずり上がっていった。

ずり上がったもののバックボードと大きな枕に邪魔され、沙羅はすぐに動けなくなった。

「いや……」

「してと言ったじゃないか」

「そないなこと、せんといておくれやす……見んといておくれやす」

胸につくほど両脚を押し上げられ、秘所を大きく晒されている沙羅は、脚を元に戻そうともがいた。

破廉恥な姿に焦っている沙羅の恥じらいがいい。辻村の肉茎がズボンの中でひくついた。

秘密の花園を囲んでいる漆黒の翳り。その内側のこぢんまりした女の器官。想像どおりだ。花びらも可愛い。左右対称のピンク色だ。肉のマメは、ほんの少しだけ包皮から顔を出し、真珠の粒のようにきらきらと輝いている。

文句のつけようのない秘所を眺めると、感度も抜群のように思えた。

「思ったより濃いヘアだな」

故意に恥ずかしがらせる言葉を口にした。

「いやっ！　見ないで！」

沙羅が総身でイヤイヤをした。

「濃いほうが好きだ。それに、シャワーを浴びてないからいい匂いがする。みんな匂いがちがう。いい匂いだ」

「いやあ！」

必死の形相《ぎようそう》で沙羅が暴れだした。

辻村は蟻の門渡りから花びらのあわいを通って、肉のマメまでべっとりと舐め上げた。

「んんっ！」

沙羅の躰が弓形になり、しこり立った乳首を載せた胸が浮き上がった。

新たに、かぐわしいメスの誘惑臭が秘密の器官から放たれた。

「いやっ。いや！」

沙羅は辻村の言葉で冷静さを失い、羞恥に身悶え、抵抗を続けた。

辻村はMの字になった脚をグイと胸に押さえつけたまま、触れるか触れないほどのタッチで、形のいい愛らしい花びらの尾根を片方ずつ辿っていった。そして、翳りを載せた肉のマンジュウと花びらのあわいの左右の肉の溝も、尖《とが》らせた舌先でゆっくりと辿っていった。

「んふ……くうう……ああう」

やさしい舌の動きと同じように、ひそやかな喘ぎが洩れはじめた。べっとりと舐め上げたときに押し出された激しい声とは異質の、艶かしい女の喘ぎだ。そして、抵抗の力が弱まった。

敏感な肉のマメを避けて、蜜でぬめった聖水口や花びら、肉のマンジュウの内側の溝などを舌で滑り、舐めまわした。

沙羅の足指が擦《こす》れ合う音がした。鼻から洩れる息が荒くなってきた。

脚を押し上げられたとき、羞恥のために逃げようとして暴れたことも忘れたように、間延びした舌戯をすると、ねだるように腰をくねらせ、突き出してくる。

股間のものを疼かせるメスの誘惑臭が、ひときわ濃く漂い出した。

このまま舌戯を続けると、沙羅はじきに法悦を極める。しかし、顔を離し、押し上げていた脚を放すと、昂まっていた沙羅は、あ……と落胆の声を洩らした。

「こんなにきれいな性器は初めて見た。色も形も匂いも最高だ」

女を褒める常套句だが、沙羅のものはまちがいなく逸品だ。

「僕のものも口でしてくれないか。あそこには入れない。だから、悪さをしないように、おとなしくさせてくれないか」

もう大丈夫だ。辻村は服を脱いでいった。

沙羅はとうに落ちている。焦れったい愛撫に総身が疼き、貫かれたくてたまらなくなっている。ひとつになる前に、上品な唇がどんなに淫《みだ》らに肉茎を愛撫するのか見たかった。

反り返った剛直を目にした沙羅の胸が大きく喘いだ。しかし、辻村がバックボードに背を預けて脚を開くと、大きく息を吸い、太腿のあわいに躰を入れた。

肉茎の根元を右手で握った沙羅は、コクッと喉を鳴らした。夫以外の男に対して施そうとしている口戯への戸惑いがわかる。他の男との情事に揺れている沙羅が悪女でないとわかるだけに、辻村は心地よかった。

ひととき肉茎を見つめ、鼻から荒い息を洩らした沙羅は、ぱっくりと剛棒を咥《くわ》え込んだ。

肉茎の形だけ丸くなった唇は、今まで上品だっただけに、よけいに猥褻《わいせつ》に見える。

根元のほうまで剛直を咥えると、唇でゆっくりと側面をしごきながら、亀頭のほうへと戻っていった。一度全体を確かめるように用心深く動くと、後はわずかに速度を速めて頭を動かした。沙羅にしてもらっているというだけでゾクゾクした。

唇で肉茎の側面だけを単純に刺激していた沙羅が、やがて亀頭をチロチロと舐めたり、鈴口に舌をそっと差し込んだり、裏筋を舌先で辿ったりした。

特別上手い口戯ではないが、それだけ今までの男の数が少ないとわかり、辻村は満足だった。ぎこちなさがかえって純な沙羅を表しているようで、よけいに辻村の獣欲を滾らせた。長い睫毛《まつげ》がふるふると揺れている。上品な女に口戯をさせると、肉体の悦びだけでなく、精神的なエクスタシーも感じる。

「いい気持ちだ。こんなことまでしてもらえるとは思わなかった」

腋下に手を入れて引っ張り上げ、唇を合わせた。

「いや……」

沙羅が慌てて顔を離した。

「どうした」

「オクチ……ゆすいで」

辻村の唇に秘部の匂いが染みついているのを知って、沙羅は慌てている。自分の匂いを恥じている。

「自分の匂いなのにいやなのか」

「ばか……」

恥じらう沙羅の耳朶《みみたぶ》が紅《あか》く染まった。

「きみの唇には僕のペニスの匂いがついてるはずだし、おあいこだ」

「ね……嫌いにならへん……？　そないな……そないな匂いがして」

沙羅はせっぱ詰まった表情で訊いた。

「この匂いが男をそそるんじゃないか。いい匂いだ」

「嘘……」

「シャワーを浴びた後の石鹸の匂いしかしない躰より、メスの匂いのする躰のほうがうんと魅力的なんだ」

「いや……メスの匂いやなんて。シャワー浴びさせておくれやす」

「だめだ。もう一度、食べたくなった」

沙羅をひっくり返して太腿のあわいに頭を入れ、蜜で銀色に光っている女の器官を舐めまわした。

「あう！　だめっ！　くっ！」

沙羅は尻を振りたくり、辻村の口戯から逃れようとした。だが、内腿を開いて押さえ、ぬるぬるの器官を舐めまわしていると抵抗はやみ、先ほどより大きな喘ぎが洩れるようになった。

「あう……いい……泣きとうなるわ……おかしな気持ちになるわ……」

辻村は尖らせた舌を花壺に押し込み、肉茎の代わりに出し入れした。

「んんっ……もう……どないにでもして」

すすり泣くような声で言った沙羅は、総身の力を抜いた。

呆れるほどのうるみが、絶え間なく湧き上がってくる。自由にしていいと言っている沙羅ににんまりとした辻村は、顔を上げた。

「さっきよりメスの匂いが濃くなってるぞ。確かめるか？」

胸を合わせ、唇をつけた。

顔を振りたくって逃れようとした沙羅に、辻村は押しつけた唇を離さなかった。沙羅の鼻から荒々しい息が洩れている。

「もう何も恥ずかしいことはないだろう？　全部知られてしまったんだからな」

「あないな恥ずかし匂いがするのに……ほんまに……ほんまに嫌いにならへん……？」

いつまでも不安そうだ。

「ますます好きになった。あそこの形も色も匂いも、きみのは最高なんだぞ。どんなに高価な香水より価値があるんだ」

「ね……これ、おくれやす……入れておくれやす」

沙羅は辻村の剛直に手を伸ばして握った。

「入れていいのか？　入れなくてもいいんだぞ。約束したからな」

「いけず……」

沙羅は口惜しそうに肉茎をグイと引っ張ると、辻村の胸に顔を埋《うず》めた。

「どんな体位が好きだ？　正常位か？　横からか？　それとも後ろからか？」

答えないだろうと思ったが、わざと訊いた。

「後ろから……」

予想外のことを口にした沙羅は、いっそう強く辻村の胸に顔を押しつけて身悶えた。

後ろからされるのが沙羅の好みとわかると、辻村も好きな体位だけに、これ以上焦らす必要もないと、さっそくその気になった。

「上品な人妻がワンちゃんスタイルが好きだとは思わなかった。可愛いワンちゃんになってもらおうか」

「いや……」

さっさと動かれるより、こうして恥じらい、戸惑い、形だけでも拒まれるほうがいい。

「やっぱりやめるか？」

沙羅は下唇を噛《か》んで、恨めしそうに辻村を見つめた。

子供のような仕草に、辻村は思わず頬をゆるめた。そして、力ずくでひっくり返してうつぶせにし、腰を破廉恥に掬《すく》い上げた。

「いやっ！」

「これがいいんだろう？　おとなしくしないと追い出すぞ。腕は立てなくていい。このまま尻だけ高くしているほうがいやらしいからな。ほう、アヌスもなかなか可愛いじゃないか。おちょぼ口のようにすぼまってる」

「いやあ！」

沙羅はシーツについている頭を上げ、腕を立てようともがいた。

この体位でひとつになるからには、後ろのすぼまりも丸見えになることぐらいわかっていたはずだ。それなのに、よほど恥ずかしいのか、沙羅は今まで以上に尻を振りたくった。

オスの血が騒いだ。

腕を立てられないうちに肉杭を濡れた秘口に押し当て、グイッと沈めた。

「んんっ……」

沙羅の動きが止まった。

熱くトロトロに滾った女壺は、よく締まっている。肉のヒダがねちっこく側面を締めつけてくる。やわやわとした妖しい締めつけだ。

「おお……名器じゃないか……吸いついてくる」

奥まで沈めて腰を浮かし、また奥の奥まで押し入れながらヒダの感触を楽しんだ。

「はあああっ……」

切ない喘ぎが洩れると、その色っぽさに、肉茎がヒクヒクと反応した。

何度かゆっくりと抽送した辻村は、剛棒を奥に沈めたまま動きを止め、女園に指を持っていった。ぬめりで覆われた女の器官に、指がつるつると滑る。

花びらをやんわりと揉《も》みほぐした。

「ああう……」

沙羅はたまらないというように、シーツに沈めていた頭をわずかに起こした。

「自分でここをいじってごらん。自分ですることもあるだろう？　自分でいってごらん」

「いや……」

「こうやって入れたまま、沙羅が自分でいくのを見たい。今夜だけしか会えないのなら、うんと乱れてくれないか。沙羅の花は一日限りの花だからな」

次の逢瀬を願いながらも、辻村は沙羅とは今宵限りの気もした。

「乱れたら……うち、恐い」

沙羅が不安を口にした。

「ベッドの上で乱れないでどうする。心を解放しないと、本当にいい気持ちにはなれないぞ。ベッドじゃ、獣になるんだ」

辻村は腰をがっしりとつかんだ。

「ほら、してごらん」

沙羅はゆっくりと腕を立てた。そして、右の手を女園に持っていった。それから、おずおずと結合部に指を伸ばした。

「ひとつになってる……こないおっきいのが入ってる……」

「ああ、しっかりひとつになってるだろう？　ちょっとやそっとじゃ抜けないからな。太いのが入ったまま、自分の指でいじったことはないのか？」

「そないな恥ずかしこと……」

「恥ずかしいことをすると燃えるだろう？　僕もベッドじゃ破廉恥なのが好きだ」

「いやらし人……」

沙羅はそう言ったものの、ためらいながらも肉のマメをいじりはじめた。

「んんっ……あう」

喘ぎと同時に肉のヒダだけでなく秘口がきつく収縮し、剛直をキュッと締めつける。じっとしていても妖しい刺激で、短い時間で気をやってしまいそうだ。

「いいぞ……沙羅の気持ちよさが伝わってくる。いったら太いので突いてやるからな」

沙羅の自慰による刺激で剛直の心地よさを味わいながら、辻村はときおりわずかに腰を動かした。

「あう……いく……すぐにいきそう」

これまで何度も指で慰めてきた健康な女なら、どうやれば絶頂が訪れるか自分の躰を知り尽くしているはずで、沙羅はさほど時間をかけずに極めそうだ。

「うちに……こないな恥ずかしことさせはるなんて……指でしろやなんて……ちゃんとうちを突いてはるくせに……いけず……いやらし人……はあっ……んんっ」

黙って指を動かすのが恥ずかしいのか、沙羅の口数が多くなってきた。

肌がほんのりピンク色に染まり、背中の汗がねっとりと光っている。後れ毛は汗で首筋にへばりついている。秘所をいじっているため、右肩が絶えず動いているのも淫猥だ。

「あう……いきそう……もうすぐ……」

「おう、ますますよくなってきた……」

沙羅の息は、過呼吸のように荒々しくなっている。すぐそこに法悦が近づいているのがわかる。

「くううっ！」

沙羅の総身が、一瞬、ビクッと跳ねたように硬直した。それから恐ろしいほど打ち震えた。

秘口は肉茎の根元を何度も食い締めた。辻村は奥歯を噛みしめた。

沙羅の痙攣《けいれん》が収まりきっていない絶頂の余韻があるうちに、ようやく辻村は腰を動かしはじめた。

「ひっ！　だめっ！　動かんといて！　んんっ！」

熱い塊《かたまり》が駆け抜け、まだ完全に法悦が収まっていないときに剛直を出し入れされたことで、刺激は何倍にもなって沙羅を襲っている。

声は喘ぎというより悲鳴に近く、肉茎から逃れようと前のめりになって逃げようとする。それを、掬い上げている腰をがっしりとつかみ、渾身の力で女壺を突いた。揺すり上げ、またグイと沈めた。

法悦の波が沙羅の秘口と肉のヒダを妖しく強烈に蠢《うごめ》かせているだけに、肉茎を出し入れするたびに、何万匹もの妖虫に愛撫されているような鮮烈な感触だ。

躰を支えていた沙羅の両手はすでに折れ、中心を肉杭で貫かれていては逃げられないと悟ったのか、シーツをつかみ、声を上げまいとして枕の端を噛んでいる。

「ぐ……うぐ」

穿《うが》つたびに、くぐもった声が洩れた。

乱れきった沙羅の姿がオスの血をますます熱くした。後ろから突くと破廉恥でいい。しかし、どんな顔をしているのか表情も見たい。

後ろからズンズンと責めたてた。このまま果てるまで同じように動くのもいいが、顔の見える体位に移ることにした。脳裏に浮かんだのは座位だった。

ベッドの脚のほうの壁側にあるデスクに、大きな鏡がついている。

いったん結合を解いた辻村は、鏡に向かって胡座《あぐら》をかき、沙羅を後ろ向きにして膝の裏を掬い上げた。

「腰を上げて自分で入れるんだ」

荒い息をしている沙羅は、言われるまま、わずかに腰を浮かせて、ぬめついた秘口に剛棒を迎え入れた。

半開きの口から喘ぎが洩れた。

「正面の鏡を見るんだ」

恍惚《こうこつ》として、深く考えもしないで言いなりになった沙羅だろうが、辻村の言葉に初めて前方の鏡に気づき、はっと目を凝らした。

膝裏を抱え上げられ、完全に脚がMの字に開いている。蜜で濡れた漆黒の翳りの内側は今までの激しい行為を物語るように、花びらは充血してまるまると太り、その内側の粘膜も赤々とぬめついている。そして、中心の粘膜は、太い肉茎をしっかりと咥えこんでいる。

「いい景色だ。なんていやらしいんだ」

「いやらしのは辻村はんやわ……いやらし……弁護士はん言わはるから真面目な人と信じてましたのに……ああ……いやらし……こないいやらし人、うち、知らんわ……ああ、いやらし……見んといて……ああ、いや」

沙羅は正面の鏡に映った結合の姿に、異常に昂ぶっている。いやだと言いながら、太腿のあわいから目を逸らさず、胸で喘いでいる。

「ああ……いや……いやらし」

上品な人妻がここまで乱れて興奮しているのを見つめ、辻村はもっと破廉恥なことができるようだとほくそ笑んだ。

Mの字に大胆に開かれた脚を、沙羅は膝を近づけて閉じようとする。それを辻村は外側に押し開いた。

沙羅は、是が非でも閉じなければなどとは思っていないはずだ。

開いたままじっとしていては、はしたないと思われる……いちおう閉じる素振りは見せなくては……ぐらいのところだろう。

座位で女壺を貫かれているようすが正面の鏡に赤裸々に映っているのを見つめ、恥じらいながらも興奮している。

辻村には、そんな沙羅の気持ちが手に取るようにわかった。

「この体位で男が動くのは大変なんだ。抜けないように気をつけながら、腰をグラインドさせてごらん。旦那さんと、これをやったことはないのか」

「こない恥ずかしこと……初めて……ばか」

沙羅は鏡に映っている辻村に向かって言うと、視線を落とした。

「そうだな、女房とはあまり破廉恥なことはできないかもしれない。男は破廉恥なことは他の女とするのかもしれないな。家ではノーマルな顔をしていて、外ではアブノーマルなことをしている連中も、けっこういるからな」

「自分のことどすやろ？」

「そうだ。うちじゃ、破廉恥なことはしない。魅力的な女に会うと、破廉恥なことをしたくなるんだ」

「弁護士はんが遊び人やったなんて」

沙羅はわざと怒った口調で言うと、鏡を見つめて腰を動かしはじめた。けれど、この体位は初めてというだけあって、なかなか上手くいかない。屹立《きつりつ》が抜けそうになると、慌てて結合部を密着させる。

その未熟さが辻村には新鮮だ。その動きだけ見ていると、三十路半ばの人妻というより、まだセックスを知りたてのウブな女のようだ。しかし、鏡に映っているオスとメスの器官の結合部を真正面から見ると、ウブさとはほど遠く、猥褻すぎる。沙羅の秘口はしっかりと辻村のものを咥え込んでいる。

「よし、交代してやるか」

やがて、辻村は下から腰を突き上げた。

「あう！」

悩ましい眉間の皺を刻み、沙羅が顎《あご》を突き出した。

「いいか？　ほら、どうだ」

「くっ！　突き抜ける……突き抜けそうやわ。あうっ！　ひっ！　んんっ！」

女壺を突き上げるたびに形のいい乳房が揺れ、沙羅が歓喜の声を上げた。溢れる蜜が密着している部分に広がっていき、辻村の茂みはベトベトになった。

この体位で責めるには力がいる。そう長くは続けられない。

「これは四十八手で乱れ牡丹という名前がついてるんだ。気に入っただろう？　覚えておくといい」

辻村は渾身の力を込めて突き上げた。

「脚を伸ばすから、外れないようにするんだぞ」

辻村は沙羅の膝を押し上げていた手を離し、胡座を解いて両脚を伸ばしていった。沙羅は結合が外れないように、辻村のゆっくりした動きに微妙に腰を合わせた。沙羅は、辻村に背を向けて腰を伸ばした辻村は、次に上半身を倒し、仰向けになった。沙羅は、辻村に背を向けて腰の上に跨《また》がった格好になっている。

「躰を倒してごらん。そして、顔だけ上げて鏡を見るんだ」

沙羅は言われるまま、辻村の足指に向かって上体を倒していった。

美味《うま》そうな豊臀が辻村に向けられ、またも猥褻な感じでそそられた。

「あそこを擦りつけるように動かしてごらん。そしたら抜けないし、クリトリスが刺激されて気持ちがいいと思う。これは〆込み千鳥という体位だ」

「いやらし人……いろんなこと知ってはるわ……ほんま、いやらし人」

沙羅は何か口にしないと恥ずかしいのか、鏡に映った自分の顔と辻村の顔を交互に眺めた。

「これも初めてか」

「こないなこと、誰もしはらへんわ。いやらし弁護士はんだけ」

沙羅はそう言って腰を左右に動かし、花壺を貫いている肉茎に向かって擦りつけた。

「ああう……あは……んんっ……うちだけ……うちだけ動いて……辻村はん、何もしはらへんの……？　うちだけに、こないな恥ずかしことさせて……あう」

沙羅は腰を丸く動かしたり、小刻みに左右に振ったり、まるで自慰をしているようだ。

辻村は愛らしくすぼんでいるアヌスに触れた。

「あう！」

沙羅が硬直した。

後ろのすぼまりは、触れられるのを恥じらうようにひくついた。

「いや……そこはいや……かんにん……いや……」

「沙羅のここは可愛い。ここも感じる所なんだぞ。触られたことはないのか」

指の腹で後ろのつぼみを丸く揉みほぐすと、肉茎を咥えている秘口がキュッと根元を食い締めた。

「んん……いや……そこはいや……くっ！　あうっ！　だめっ！」

声を上げ、尻をくねらせた沙羅は、上半身を起こし、結合を解いてベッドから降りた。逃げる沙羅を追った辻村は、たやすく背後から腕をつかんだ。

「ひっ！」

「ベッドの上じゃ獣になれと教えただろう？　そんなに恥ずかしかったのか？　恥ずかしいほど、心も躰も感じてたということだな。さて、続きをするか」

「いや！」

沙羅の胸が激しく喘いだ。

「アヌスにちょっと触っただけで、まだそこにキスもしてないんだぞ」

沙羅をもっと動揺させようと、辻村はわざと破廉恥なことを口にした。

案の定、沙羅は辻村の手を振りほどいて逃げようとした。だが、辻村は沙羅の腕を離さなかった。

「後ろを触られると感じすぎるんだろう？　頭から足指の先まで、すべて性感帯なんだ。もっと気持ちよくさせてやりたいだけだ」

「いや……気持ちええことなんかあらしまへん……気持ち悪いだけ。いや」

「嘘つきにはお仕置きするぞ」

辻村は沙羅をベッドにうつぶせに押し倒し、両脚の間に躰を入れると、太腿をがっしりとつかんだ。それから、豊臀の谷間に咲く後ろのつぼみを舐め上げた。

「くううっ」

逃げようともがいていた沙羅が硬直した。

辻村はひくつくすぼまりを強弱をつけて舐めまわしたり、舌でつついたりした。

「あう……いや……くううっ……いやいや」

全身汗まみれの沙羅は、這って逃げようとしている。けれど、太腿を男の力で押さえつけられていては虚《むな》しい抵抗でしかない。

「んん……あう……いや……はあああっ」

沙羅の声が徐々に甘やかになってきた。逃げようとしていた動きがいつしかやみ、口戯を施されるまま、総身が弛緩《しかん》している。

もう勝手にして……。

そう言っているようだ。

「尻を上げろ」

「いや……」

「ひっ！」

辻村は尻たぼをバシッと打ちのめした。

弾んだ肉音と沙羅の悲鳴は同時だった。

「尻を上げるんだ」

息を弾ませながら腕を立てていった沙羅は、よろよろと尻を掲げていった。

最初はいやだと言っていたが、やはり女の器官は透明液でびしょびしょだ。後ろのすぼまりを口で愛撫され、感じていたのがわかる。

「ぬるぬるがいっぱいじゃないか。いくらいやだと言っても躰は正直だからな」

「あう……いやらしうちを嫌いにならんといて……おいどいじられるの、死ぬほど恥ずかしのに……ああ、うち、おかしなってしまうわ……こないなこと……こないなことされるの初めて」

沙羅が掠れた声で言った。

「後ろからされるのが好きだったな。せっかくワンちゃんになってくれたから、また太いのを入れるか。それとも、やめておくか？」

「いけず……いつまでもいけずばっかり……いやらしことして……さっきの続きして」

沙羅はそう言うと、さらに尻を高く掲げた。

発情したメスだ。誘うような充血した女の器官が目の前にある。

沙羅の中心を貫く前に、辻村は今にもしたたりそうになっているうるみを、ジュッと音を立てて吸い上げた。

やや塩辛い沙羅の蜜液を後ろから舐め取った辻村は、途中で結合を解いて中断していたために疼いていた肉杭を、オスを誘っている秘口に後ろからグイッと突き立てた。

「くっ！」

汗で銀色に光っている沙羅の背中が反り返った。

「おう、さっきより、またいちだんとよくなってるぞ。ねっとり握り締めてくる。いやらしくなるほど、ここもよくなるんだな」

辻村は深々と沈めた肉茎全体でやわやわとした膣ヒダの感触を味わうと、ゆっくりと抜き差しをした。

「ああう……いい……泣きとおす……こんな恥ずかしことされてるのに……」

感極まった沙羅の口調に、辻村の心地よさも増幅した。

出し入れのスピードを変化させ、花壺の入口をぐぬっとなぞり、ときには腰を揺すり立て、挿入したまま、あらゆる動きを試みた。熱く柔らかい肉の器をできるだけじっくりと味わっていたかった。

けれど、微妙な締めつけと吸い込むように密閉された祠《ほこら》での抽送に、辻村の絶頂が確実に近づいてきた。

「うち……うち……おかしなるわ……うちの躰、溶けそうやわ……はああっ……いい……もうかんにん……来る……来るわ……熱いのが来るわ」

躰を支えている沙羅の腕は、ますます激しく震えだした。

「よし、いっしょにいくぞ。もう少しだけ我慢しろ」

辻村はラストスパートに入り、これまでより激しい抜き差しを開始した。

「ひっ！　あうっ！　くっ！」

沙羅は穿たれるたびに、荒海で揺れる小舟のように総身を揺らした。

辻村も限界だった。

ひときわ激しく肉杭を花壺に打ち込むと、燃え盛る塊が全身を貫き、白濁液が子宮の奥に向かってほとばしっていった。

同時に、短い声を押し出した沙羅も硬直した。一滴残らず男の精を搾り取ろうとするように、屹立をキリキリと締めつけてくる。

まもなく、沙羅は腕を折って倒れ込んだ。それでも、結合している尻だけ掲げ、秘口は法悦の余韻を繰り返していた。

徐々に収縮が収まって静かになったとき、辻村は結合部にティッシュを当てて離れた。

沙羅の尻が落ちた。

新たなティッシュを引き抜いて、うつぶせのままの沙羅の器官に押し当てて拭いてやると、むずかるように尻がくねった。

「最高だ。こんな名器は滅多にいないぞ。毎日でもしないともったいないないな」

辻村も沙羅の傍《かたわ》らに横になった。そして、汗ばんだ沙羅を抱き寄せ、しばらくじっとしていた。

営みの後、男は倦怠感に包まれる。気を抜いてしまい、最後の最後に女の不信を買うことがある。一分でも二分でもいい。こうして、じっと傍らにいてやるだけで女は安心する。

「シャワーを浴びておいで」

辻村は軽く唇を合わせて言った。

「先に入っておくれやす……うち……まだ動けへんわ……一年分も二年分も、いやらしことした気がして」

沙羅は気怠《けだる》そうな口調で言った。

「セックスはいやらしいことか。そうだな、今夜はだいぶいやらしい格好でしたな」

「ああ、いや……言わんといておくれやす……もう辻村はんの顔、見られしまへん……あない、いやらしことしはって……」

沙羅が枕に顔を埋めた。

その恥じらいの仕草が可愛く、辻村は射精の後の空虚感から抜け出し、このまま帰したくない気持ちになった。

「いやらしいことをしたお詫《わ》びに、あそこを洗ってやろう。きれいにしていかないと、旦那さんに知られるとまずいもんな。今夜、旦那さんが襲ってくるかもしれないからな」

「うちの人、朝帰りどす。襲ってきぃしまへん」

沙羅は隠していた顔をいったん辻村に向けてプイとすると、また顔を隠した。

「襲って来なくても、あそこは洗っておかないとな。風呂だ」

辻村は沙羅を抱き起こした。

「いや！」

辻村が連れ合いのことを口にしたので、せっかく絶頂の余韻に浸っていたのに……というように、沙羅は気分を害して拗ねている。怒っているのではなく、拗ねているとわかるだけに、いっそう可愛くなった。

「さ、風呂だ」

「いやっ！　あう！」

抱え上げて浴室に入った。

湯槽《ゆぶね》の中で下ろし、わざと逃げる素振りを見せている沙羅の腕をグイとつかんでシャワーを掛けた。

「脚を開け。大事なところが洗えないじゃないか」

「いやっ」

固く膝をつけて、子供のような抵抗だ。

辻村はシャワーを低いほうのノズルに掛けると、抵抗できないように沙羅の両手を握り、左の乳首を吸い上げた。

「あう」

ヒクッとした沙羅を壁に押さえつけ、のらりくらりと舐めたり吸ったりした。果実はコロコロと転がるように硬くしこり立ってきた。

「うく……ん……いや」

反抗していた沙羅が、容易に甘い喘ぎを洩らしはじめた。

「あそこ、おとなしく洗わせるか？」

沙羅がようやく頷いた。

沙羅は肩幅ほどに脚を開いた。だが、さらに大きく開かせた。

シャワーを少しゆるくして太腿のあわいにかけると、沙羅の総身はビクンと震えた。

「また感じたか？」

「ばか……」

辻村が笑うと、沙羅は甘えた声を出した。

漆黒の翳りを洗うだけでなく、肉のマンジュウを広げて花びらを洗い、シャワーを掛けながら女壺にも指を入れ、白濁液を洗い流すために丁寧に洗った。

「んふ……あう……」

感じている沙羅は倒れまいとして、膝をついて秘部を洗っている辻村の肩をつかんだ。

洗っても洗っても、ヌルヌルが溢れてくる。

「だめ……もうだめ……」

沙羅の手が、辻村の肩に食い込んできた。

辻村は女園を洗うためではなく、今度は法悦を迎えさせるために、肉のマメを包んでいるサヤを指先で左右に動かして玩んだ。

「んんっ！」

立ったまま気をやった沙羅が、総身を硬直させた後に打ち震えた。

辻村は女壺に指を二本、押し込んだ。

「いやあ！　んんっ！」

指の根元が秘口に何度も締めつけられた。少し収縮が弱まったとき、花壺の指を出し入れしながら、つるつるしている肉のマメは親指で揉みほぐした。

「だめっ！　ひっ！　ああっ！」

すぐさま恐ろしいほど打ち震えた沙羅は、辻村の肩をグイと押した。

女壺から指が離れた。

「女は立て続けに何度もいけて幸せだな。今夜は百回はいったんじゃないか？」

「洗ってやる言わはったのに、いたずらしはって……うち……もう歩けへんわ……あそこの中がズクズクして……あそこだけやあらしまへん……ああ、うち……おかしわ……どないしたらええやろ……うち、倒れるわ」

沙羅の息が弾み、胸が喘いでいる。

湯槽から出た沙羅の躰を拭いてやると、されるままじっとしている。立っているのがやっとのようだ。

また抱いてベッドに戻った。

冷たい水を冷蔵庫から出し、口移しに飲ませた。沙羅はコクッと喉を鳴らして飲み込んだ。

「美味いか」

沙羅が頷いた。

「だいぶ大きな声を出したから、喉が渇いただけじゃなく、痛いんじゃないか？」

「あないなことしはるから……」

心を許した者に対する口調だ。

「あんなことが大好きだろう？　欲求不満は解消したか？　沙羅の躰もあそこも上等だから、旦那さんが手放すはずがない。男はときどき浮気するが、女房の元に帰るものだ」

「辻村はんも、うちの人と同じ？」

沙羅がまた拗ねた顔を向けた。

「旦那さんに、うんと可愛いところを見せるといい。案外、家では賢い妻の顔ばかりしてるんじゃないか？　ここでの沙羅は可愛かった。もっと甘えることだ」

「辻村はんみたいな人といっしょになればよかったわ」

「そんなこと言っていいのか？　旦那さんに惚れてるくせに。東京生まれなのに京都弁を完璧にしゃべれるように努力したのも、旦那さんを愛してるからだろう？」

沙羅が押し黙った。

「家につく猫のように、男は遊び歩いても、また家に戻ってくるものだ。煩《うるさ》く言わないで待っていれば、きっと旦那さんの心も戻ってくる」

「辻村はんも、猫みたいなものどすか？」

質問がおかしく、辻村は苦笑した。

「そうかもしれないな。それにしても、光明院できみと会ったとき、和服姿の艶やかさにハッとした。こんなことになるなんて夢のようだ。夢を見させてもらった気がする」

「弁護士はんと聞いて、まじめなお人と信じてましたのに、えらい、いやらし人どした……うち、何日か火照りっ放しかもしれまへん」

「旦那さんを襲って、いやらしいことをするといいんじゃないか？」

「うちの人に、乱れ牡丹して、なんて言えへんわ……」

沙羅がうつむいた。

後ろから抱えられて合体し、結合した部分を鏡に映して交わったことが鮮烈だったらしい。沙羅にとっては、生まれて初めての破廉恥過ぎる交わりだっただろう。

「乱れ牡丹が気に入ったようだな。またしてやろうか」

「沙羅は一日だけの花どすさかい……」

「そうだな、だけど、また一年経ったら咲くだろう？」

暗に、一年ほどしたら会いたいと伝えた。

明日にもまた会いたい女だ。けれど、沙羅は夫を愛している。夫の心を取り戻したいと思っている。それがわかるだけに、たとえ、明日また会いたいと言われても、辻村は今夜限りと言うつもりだった。それが、今夜限りの花と沙羅のほうから言われると、また会いたくてたまらなくなる。現金なものだ。

「来年になったら……きっと、また咲きます……見ぃに来はりますか？」

「もちろんだ。こんなにきれいな花はめったにないからな。着物を着る前に、もう一度、散る前のあそこの花を見せてくれないか」

「いやらし人……」

沙羅はそう言ったが、恥じらいを見せながらも、自ら白い太腿を大きく開いていった。

何度も気をやった後の充血した花びらは、白い楚々《そそ》とした沙羅の花とはちがい、今夜限りでは散りそうにない美しくも貪欲な花だ。

「また来年、きっと見に来るからな」

辻村は紅い花びらに、そっと口づけた。

沙羅が目を閉じた。

第二章　白蓮《びやくれん》

八月に入り、日差しが痛い。

京都の夏は過ごしにくいとはいえ、京都駅に降り立つと、東京とは比べものにならない数の和服の女に出会う。薄物を着た女達を目にすると、気分的に涼やかになる。

東京も銀座に行けば、着物姿のママやホステスを多く見かけるが、人口の割には少ない。しかし、京都はあちこちで和服の女を見かける。薄物も着慣れているし、洗練されている。水商売ではないとわかるだけに、どんな稽古ごとをしているのだろう、どんな家の女だろうと、あれこれ想像するのも楽しい。

辻村に裁判の弁護を依頼している友人の阪井が、昼間、二度目の口頭弁論も終わり、今夜は呑もうと言ってきた。

いい女がいる店に行くぞと言っていたが、阪井と辻村では女の好みがちがう。

学生時代、阪井から、好きな女ができた、絶世の美女で性格も最高だ、絶対におまえは手を出すなよと言われ、女のバイトしている喫茶店にいっしょに行ったことがあった。だが、お世辞にも美人とは言えない、軽薄なほどよく笑う女だった。

そのときから、阪井は女の趣味が悪く、美的感覚もないとわかっているだけに、連れて行かれる店にいい女がいるはずがない。

阪井の妻も美人とは言い難い。ただ、陽気でおしゃべり好きなので、家庭は明るいかもしれない。

八時に祇園《ぎおん》の『一力《いちりき》』の前で待ち合わせた。

五分前に着くと、すでに阪井がいた。

「舞妓、芸妓つきで、一力で豪勢に奢《おご》ってくれるのか。今日も裁判の務めは果たしたしな」

辻村は惚《とぼ》けて訊いた。

「そのうち、うまい具合に結審したらな」

阪井は四条通を渡り、道沿いに建っているビルのエレベーターに乗った。

「いい女は諦《あきら》めてるから、せめて美味い酒を呑ませてくれ」

辻村はおどけた口調で言った。

「いい女だ。ママの和服姿は日本一だ」

阪井は自信たっぷりだ。

先月、光明院で知り合って深い関係を持った人妻、華道師匠の沙羅には似ても似つかぬ女だろう。熱く燃えた沙羅との夜が懐かしかった。今月も会おうと言わなかったことが悔やまれる。一年後の再会を匂わせたが、七夕《たなばた》ではあるまいし、叶《かな》わないかもしれない。

阪井は三階のクラブ『すいば』のドアを押した。

「まあ、阪井はん、ようこそおこしやしとくれやす」

涼しげな声だけ聞いた辻村は、声美人かとニヤリとした。だが、店に入って声の主を見たとたん、思わず、おっ、と声を上げた。

「どうだ、絶世の美女だろう」

学生時代、阪井が惚れた「絶世の美女」とは似ても似つかぬ、本物の美女だ。

「祇園の元売れっ子芸妓だぞ」

阪井が誇らしげに言った。

なるほどと、辻村は納得した。

紫の絽の着物に白鷺《しらさぎ》の柄が鮮やかだ。白い紗の袋帯が雪のように見える。この着物は、この女以外には似合わない。そう思えるほど粋で大胆だ。

今まで、阪井が美人と言った女に美人がいたためしがなかっただけに意外だ。

席に着くと名刺を差し出され、辻村も名刺を渡した。

「初音《はつね》さんか。粋な名前だ」

「おおきに。まあ、弁護士はんどすか。阪井はんが悪さでもしはって、弁護、頼まれはったんどすやろ？」

「さすがにママは勘がいいんだな。図星だ」

辻村は真顔で答えた。

「おい、痴漢でもしたと思われると困る」

阪井が口を挟んだ。

「まあ、痴漢どすか。そないなこともしはることもあるかもしれまへんなぁ。そういうことどしたか」

「おい、冗談じゃないぞ」

いつになく阪井は否定しようと必死になっている。

「痴漢しはったことにしときまひょ。そのほうが楽しおす。ね、辻村はん」

初音がクッと口元を袂で隠して笑った。

「かなわんな」

阪井はわざとらしい溜息をついた。

これほど美しく品のある芸妓がいたら、ぜひ座敷に呼びたい。辻村は初音の総身から漂う色気に圧倒された。今どき珍しい富士額で、日本髪が似合いそうだ。芸妓時代は、さぞ男達を惑わしたことだろう。まして、堅苦しいしきたりのなくなった今、いっそう男達を魅惑しているにちがいない。

四十路《よそじ》前後に思われる。肉体的にもいちばん熟れているときだ。初音の営みのときの表情や声はどんなだろうと想像するだけで、辻村は妖しい気持ちになった。

いくら頑張っても、初音との営みは難しそうだ。芸事に磨きをかけ、金も地位もある男達との優雅な時間を過ごしてきただけに、誇り高く、身持ちが堅いのはわかる。冗談を言っていても、凛として隙《すき》がない。

初音と並んで歩いているだけで、男達は羨望のまなざしを向けるだろう。初音には内側から滲《にじ》む品性と知性がある。初音には品格ある裕福な男しか似合わない。

初音の今のパトロンはどんな男だろう。最初の男は誰だったのだろう。手の届かない女と思うと、よけいに興味が湧く。

野暮と思われるので下世話なことは訊けないが、訊きたいことは山ほどあり、喉元まで出かかっている。

「美人ママに会えた記念に、僕からママに何かご馳走したいな。お好きなものをどうぞ。女の子達にも」

「まあ、おおきに」

「ああ、どんどん呑め呑め。最後はどうせ俺が払うんだ」

阪井の言葉に、辻村は冷や汗が出た。

「何か悪さしはって弁護を頼みはったんなら、依頼人の阪井はんが払わはるのは当然やわ。しぶちんよりよろしおすけど、せっかくの辻村はんの言葉にちゃちゃ入れはるやなんて」

「はは、またママに怒られたか」

阪井が豪快に笑った。

初音の店は客が多い。八時に入ったからよかったものの、もう少し遅かったら断られただろう。こぢんまりしたミニクラブで、客はそう多くは入れない。ママの気配りの限界と思える広さだ。一目で裕福とわかる年配の客が多く、初音の芸妓時代からの馴染《なじ》みも多いようだ。

辻村は、ますます手の届かぬ女だと思った。

次々と客が入ってくると、初音はママとしての対応に追われ、なかなか席に戻ってこない。代わりにヘルプかホステスかわからないような若い女がふたりついた。そうなると、普通のクラブと同じだ。

初音が他の席で恰幅《かっぷく》のいい男達としゃべっているのを眺め、何と扇情的な女だろうと見とれた。こんな女と一夜でも過ごせたら、男冥利に尽きる。金を積んでもそうなれない女とわかるだけに、よけいに口説《くど》き落としてみたい気がしてきた。

「ママにメロメロみたいだな」

ホステスに聞こえないように、阪井が辻村の耳元で囁いた。

「自分のことだろう？」

辻村は本心を隠して返した。

阪井が洗面所に立ったとき、やっと初音が戻ってきた。

「こんなに混《こ》んできたのに長居すると野暮だな。そろそろ引きあげないと」

初音と話すだけで極上の気分になる。

「行き届かずにかんにんどすえ。二度と来ぃへんやなんて言わんといておくれやす。明日は、予定組んではりますの？」

「早起きして蓮でも見に行こうと思ってる」

「まあ、蓮どすか。優雅でよろしおすなあ。この時期、拝観を早めてくれはるところに行かれるとよろしおすわ。弘法さんやお東さんのお堀の蓮もきれいどすえ」

「法金剛院《ほうこんごういん》に行きたいと思ってるんだ」

「まあ、蓮で有名なとこ、知ってはりましたん。私もお邪魔しようかしら。あら、冗談どす。早い時間は、まだ休んでますさかい」

クスリと笑った初音に、辻村は動悸がした。

「俺がいない隙にデイトの約束でもしてたんだろう。ずるいぞ」

阪井が戻ってきた。

「辻村はんのようなええ人を紹介してくれはって、阪井はんを見直したと話してましたんえ。根は真面目なお人やったんやと」

辻村は、初音の言葉がおかしかった。

「今まで、俺を不真面目と思ってたのか」

ひととき賑《にぎ》やかな時間が過ぎ、ふたりは店を出ることにした。

「また、きっとおこしやしとくれやす」

丁寧な初音の見送りに、野暮と思われても、また明日、足を運ぼうと辻村は思った。

「俺には二百パーセント縁のない女だ。おまえなら五パーセントぐらい可能性があるかもしれないな。ダメモトで口説いてみる価値はあるんじゃないか？　金はかかるが、いい女を口説くのは男の夢。やってみたらどうだ」

阪井が意味ありげな笑いを浮かべた。

阪井と三軒ハシゴして、ホテルに戻ったのは零時前だったが、辻村は早朝に目覚めた。

蓮で有名な法金剛院は、いつもは九時からの拝観だが、この時期は六時半に門を開ける。蓮の観賞は午前中、それもできたら早朝に限る。蓮のある風景は、それだけで清々《すがすが》しい。

しかし、そんな風流な気持ちより、初音に会えるかもしれないという限りなくゼロに近い可能性に、目覚ましが鳴る前から浮き立つような気持ちで目覚めてしまった。

昨夜『すいば』で法金剛院に行くつもりだと言ったとき、初音はお邪魔しようかしらと言った。すぐに、冗談だと取り消したものの、もしかして……と、淡い期待を抱《いだ》き、開門と同時に入るつもりになっていた。

京都駅からなら、タクシーより嵯峨野線がいい。最寄り駅の花園駅までわずか十二分。それから歩いてすぐだ。

法金剛院には、六時半過ぎに着いた。

初音はいるだろうか……。

拝観料を払うと、足を速めた。すでに数人の拝観者の姿がある。

蓮で有名な寺だが、春は花の色が紫に見える待賢門院桜《たいけんもんいんざくら》、五、六月は花菖蒲《はなしょうぶ》や紫陽花《あじさい》もみごとだ。

池の蓮を、観光客らしい年配者がカメラ片手に観賞している。

辻村は、まずは花より初音探しだった。だが、池を一周しても初音はいなかった。やはりいないという落胆と、これからやってくるかもしれないという期待に、辻村は入口近くの池の袂で蓮を観賞することにした。池だけでなく、たくさん並んだ鉢の蓮もみごとだ。ここでは百種類近くの蓮を見ることができる。

「ね、オジサン、蓮の花が開くときって、ほんまにポンと音がするん？」

オジサンとは誰のことかと思っていると、

「ね、オジサンってば」

肩を叩かれた辻村は、俺がオジサンかと、文句のひとつも言いたくなった。

振り向くと、ショートカットの若い女だ。

「オジサン、蓮の開く音、聞いたことある？」

あと二年で辻村は五十路になる。若い女から見ればオジサンでしかないのかもしれないが、やはりひっかかる。

「オジサンじゃなく、辻村と言ってくれないか」

「オジサンのほうが言いやすいのに。私の名前も教えてあげる。カレン。よろしく」

「ん？　カレン？　今どきの名前だな」

「漢字で書くと夏の蓮。メチャ、日本的やん」

「ほう、夏の蓮とは風流だな」

ジーンズにタンクトップで、風流とは縁遠い女と思ったが、名前はなかなかだ。

「若いのに早起きなんだな」

「えっ？　やだ、徹夜しただけ」

夏蓮がククッと笑った。

目がくりくりして、笑うとやけに可愛い。

「蓮の開く音、聞きたいな。開けっ、ポン」

手の届くところにある蓮に向かって言った夏蓮に、辻村は苦笑した。

「夏の蓮なんて名前をつけてもらっていながら、蓮が開くところを見たことはないのか」

「いつ見ても、開いてるもんは開いたまんま。つぼみはつぼみのまんま。今日、見られへんかったら、一生、見られへん気ぃするわ。これ、開きそうなんやけど。開けっ、ポン！」

また夏蓮が蓮に命じた。

「おい、そうそう蓮の花の音はしないぞ。それに、静まり返っていないと聞こえるものも聞こえやしない。針の落ちる音でも聞こえるほど静かでないとな。だけど、音はしないという説もある。ともかく、この大きな花は一瞬に開くんじゃなく、一分間に二ミリぐらいの速度で開くらしいから、一時間ぐらい同じつぼみを見ていないと変化はわからないかもしれないな」

「へェ、オジサン、植物学者?」

「オジサンじゃない。辻村だ。学者じゃなく弁護士だ」

「ひゃあ、弁護士さんと話すの初めてやわ。なんで弁護士さんがこんなとこにいてはるん?」

「弁護士が蓮の観賞をしておかしいか?」

「休暇?」

「きょうはな。明日、東京に帰る」

「わっ、東京? 私もいっしょに行こうかな。弁護士さんがいてたら安全やし」

「弁護士もいろいろだ。肩書きで人を決めつけるのは危険だぞ。中には狼もいる」

「そう言うてくれはるてことは、やっぱりオジサンはええ人やと思うし」

「オジサンじゃない。辻村だ。きみ、高校生か?」

「ひゃあ、よう言ってくれるわ。大学生。誕生日来たら二十歳になるのに」

夏蓮が頬をふくらませた。

「若く見えるんだ。いいじゃないか」

「オバサンなら嬉しかもしれへんけど、大人に見られたい年ごろやわ」

言われてみるともっともだ。

あれこれ話をしながら、その場から動かず、数あるつぼみのひとつが開くのを期待した。

「これ、ちょっとだけ開いてへん？」

あるかなしかの風に揺れる蓮のつぼみの変化はわからない。気のせいだと言おうとしたが、そのつぼみに意識を集中した。

五分、十分と経つにつれ、もしかしたら開き始めているのかもしれないという気もした。それほど微妙だ。

「オジサン、やっぱり開いてきてる！　記念すべきに日ぃやわ。他の人にはないしょ。そやかて、開くのやめられたらいややもん」

夏蓮はおかしなことを言う。面白い女だと思いながら、辻村も黙ってつぼみが開いていくのを眺めた。ちょっと立ち止まったくらいでは気づかないほど、かすかな動きだ。立ち止まる観光客もいるが、開花の途中と気づく者はいない。すぐに去っていく。

いつしか夏蓮は辻村の手をしっかりと握り締めている。

蓮に真剣なまなざしを向けている夏蓮の横顔を見つめ、辻村は自然に頬がゆるんだ。

白い蓮は、まるで時が止まったような中で、ゆっくりと開いていった。辻村と夏蓮は、その間、息さえ止めていたような気がした。

「ポンと音、しなかったね……けど、開いたね……」

我に返った夏蓮が、辻村の手を握ったまま、やっと口を開いた。

「蓮はこうやって朝開いたら昼頃には閉じて、三日間それを繰り返して、四日目に散るんだ」

「へェ、やっぱりオジサン、物知りやね」

「辻村だと言っただろう?」

「他人行儀でいやや。オジサンのほうがいい」

小柄な夏蓮が可愛く思えてきたものの、オジサンには溜息をつきたくなる。

「二十歳を目の前にして、やっと蓮が開くとこ見られたわ。嬉しいなあ。記念の日にしよう。でも、徹夜したたし、急に眠くなったみたいやわ。お堂で寝るから横で見張ってて。財布盗《と》られたら往生するし、オッパイ触ったり悪戯する人もおるかもしれへんし」

冗談かと思ったが、本気で言ってるとわかり、呆れた。

「すぐにつまみ出されるぞ。絶対に無理だ」

「畳も敷いてあって広いし」

「そんな問題じゃないだろう。ここは平安時代、右大臣清原夏野の山荘を寺にして、鳥羽天皇の中宮の待賢門院が再興したという」

「ストップ。そんなこと聞いてもわからへん。つまり、寝られへんてこと?」

夏蓮は辻村の説明を中断した。

「オジサン、どこのホテル？」

「京都駅の近くだ」

「だったら昼まで寝せて。弁護士さんなら悪さできひんと思うし安心やわ。決めた」

「冗談じゃないぞ。家に帰って寝ろ」

「いやや。京都駅の方が近いし。娘にしとけば？　誰が見ても親子やし」

背広こそ着ていないラフなスタイルとはいえ、ジーンズとタンクトップの夏蓮と辻村では、どう見てもちぐはぐだ。

「親子にしては顔がまったく似てないな」

「じゃあ、種違いの娘。ママがオジサンと再婚したことにするし。絶対に離れへん。お腹《なか》も空《す》いたし、何か食べたい」

夏蓮は腕を組んだものの、まるで辻村は逮捕されたような格好だ。

「おい、離れろ」

「いやや。無理に離れるなら、誘拐犯言うて大声上げるもん。弁護士資格取り消されても知らへんから」

こうなると、ただ呆れるしかない。

「部屋に入ったら犯されるぞ。男は狼だ」

周囲に人がいないのを確かめて言った。

「ひゃあ、嬉し。オジサンなら最高やわ」

しがみついて離れない夏蓮を人前で引きはがすわけにはいかず、電車に乗るのも憚《はばか》られ、辻村はタクシーを止めた。

妖艶《ようえん》な初音に会えるかもしれないと思ってここに来たのに、食いついてきたのは子供のスッポンだ。辻村は困惑していた。

タクシーに乗っても、夏蓮は辻村の腕を離さなかった。

ホテルの部屋は、ひとりで泊まるときもツインかダブルにしている。しかし、たとえ休ませるだけにしても、夏蓮を入れるのは控えたい。本当に大学生かという疑惑も湧いた。

「学生証を見せてみろ。大学生というのは嘘だろう？　高校生だったらひっぱたくぞ」

運転手に聞こえないように耳元で囁いた。

夏蓮はショルダーバッグから、すぐに学生証を出した。

国立K大の学生証で夏蓮の写真が貼ってある。来週二十歳だ。嘘だろうと言いたかった。

夏蓮は胸を張った。

「おまえがノーベル賞受賞者も出してるK大生か……しかも経済学部？　世の中、変わったもんだ。偽学生証じゃないだろうな」

　夏蓮はフンと鼻を鳴らした。

「名誉毀損で訴えたいとこやけど、お昼にマムシご馳走してくれたら堪忍したげる。朝はトーストでいい」

「朝はトースト、昼はウナギだと？　やけに図々しいな。これから家まで送ってやるから案内しろ」

「いやや。うちまでタクシーで一時間かかるし。ううん、二時間かかるかも」

「伏見区と書いてあったぞ。一時間もかからないはずだ。運転手さんに訊いてみるか？」

「十分以内に何か食べて、さっさと寝ぇへんと、ほんま、倒れるわ。今日は蓮の咲くとこ見られた記念の日ぃやもん。まだオジサンにお願いあるし、絶対離れへん。いやなら誘拐犯言うて大声上げるし」

　とんだ拾いものをしてしまった。可愛いと思っていると憎たらしくなる。脅迫されているようなものだ。

　未成年ではないとわかっただけで少しはホッとしているが、これからどうやって撒《ま》くか難題だ。こんな小娘に大きい顔をされてたまるかという思いがある。けれど、なかなか撒けず、やむなくホテルのレストランで朝食を食べさせることになった。

モーニングセットを平らげた夏蓮は、お代わりのコーヒーを飲みながら、こっくりこっくりとやりはじめた。今にもトーストの載っていた皿に顔を埋めてしまいそうだ。

「おい……」

「寝てしまうとこやった。もう限界や。食べるもん食べたら、気ぃ失いそうなほど眠いわ。ここで寝ていい？　だめなら、ベッド貸して」

ベッドを貸せるはずがないだろうと言うと、夏蓮は本当に皿に顔を突っ込んだ。

「おい、わかった。顔を上げろ。部屋に行くぞ。寝るな」

辻村はどっと汗をこぼし、周囲を見まわした。これ以上、恥は掻きたくない。

パンくずを鼻頭や額にくっつけた夏蓮が顔を上げて、ニッと笑った。

小娘にしてやられたのだろうか。なかなかしたたかだ。だが、笑顔の可愛いのが憎い。


部屋に入った夏蓮は、わあと声を上げた。

「ビジネスホテルと大違いやわ。えっ？　ベッドがふたつ……誰かといっしょ？」

「このホテルはシングルはないんだ」

「えっ、シングルないん？　知らんかったわ。こっちは使ってないみたいやから、こっちにしょう。その前にシャワー浴びていい？」

「おまえ、男がいるのに、無防備にシャワーを浴びる気か」

いつしか辻村は夏蓮をおまえと呼んでいた。きみと言うより、やっぱりおまえだ。夏蓮ちゃんと名前を呼ぶなど、とんでもない。こんな乱暴な呼び方をすることはないが、オジサンと呼ばれていることもあり、おあいこだ。

「襲いたかったら襲えばいいやん。未成年やなし、自分の足でここまで来たんやし、お金ももろうてないし、オジサンが私を襲っても法律には引っかからんやろ？」

夏蓮はその場でタンクトップを脱いだ。ピンク色のブラジャーだ。辻村は唖然《あぜん》とした。次に、ジーンズを脱いだ。ブラジャーとお揃《そろ》いのピンク色のショーツが現れた。よくこれで腰が隠せるものだと思えるほどの小さな布きれだ。

辻村に正面を向けてそれだけ脱いだ夏蓮は、一回転してニッと笑った。

「どう？　襲う気になった？」

大胆すぎるが、妙に憎めない。簡単に脱いだからといって、売春している安っぽい女にも見えない。奇妙な雰囲気がある。女というより、妖精に近いのかもしれない。

辻村が言葉をなくしていると、夏蓮は背中を向けてブラジャーを外した。いくら妖精だ子供だと思っていても、二十歳に近い女が目の前でインナーまで脱いでいくと、辻村としても冷静ではいられない。

「おい、やめろ。そのまま追い出すぞ」

「今追い出したら、強姦しょうとしたと思われるかもしれへんからまずいんとちがう？」

夏蓮のほうが上手だ。

ブラジャーをベッドに放った夏蓮は、立って背を向けたままショーツをずり下ろし、膝まで下げると、左膝を曲げて、まずその踝《くるぶし》から布片を抜き、今度は右脚を曲げて抜き取った。

「まだ襲う気にならへんの？」

肩越しに首だけまわした夏蓮は、辻村を見つめた。

「ガキの相手ができるか。襲ったらすぐに頭から食ってしまうぞ」

動揺していた辻村は、わざと両手を上げて襲う真似をした。

「キャッ！　恐っ！」

ショーツを辻村に投げつけた夏蓮は、浴室に駆け込んだ。

何というガキだと思いながらも、オスとしてムラムラしてしまい、辻村は足元に落ちたピンクのショーツを拾い、秘密の匂いを嗅《か》いだ。若い女特有の饐《す》えた匂いがした。

浴室に入ったと思った夏蓮が、いきなりドアを開けて顔だけ出した。

「わっ、スケベ！　あほっ！」

投げつけられたショーツを拾って匂いを嗅いだところを、しっかりと見られてしまい、辻村はさすがに動揺した。羞恥というより、自分で疚《やま》しいことをしていながら、激しい屈辱が過ぎった。

女を恥ずかしがらせるために、故意にそうするときとはちがう。夏蓮を子供のようだと思っていながら、オスとしての誘惑に負けてしまったのだ。威厳も何もあったものではない。

「妙な病気を持ってないか調べたんだ。男遊びばかりしてる女は危ないからな」

「うっそ。やらしいだけのくせに。ほんまに弁護士さん？　後で身分証明書見せてもらうし」

夏蓮が首を引っ込め、ドアを閉めた。

こうなったら裸になって浴室に行ってみるかとも考えたが、ガキの誘惑に負けてたまるかと思い直した。しかし、股間のものが硬くなっているのが情けない。

女に困ってはいない。昨夜、元芸妓だった初音に会い、大人のつき合いを想像していた。淡い期待を抱いて法金剛院に出かけたのに、食いついてきたのは、とてつもないガキっぽい大学生の夏蓮だ。

タクシーに乗せ、朝食も食べさせた。今は部屋まで来て裸になり、堂々とシャワーだ。

小娘ひとりに玩ばれてどうする……。

辻村はかつてない場面に遭遇し、さてどうしたものかと困惑した。誘惑に負けて夏蓮を抱いては男がすたる。それをネタに脅迫するような女には見えないが、ここまでくっついてきたしたたかさもある。

　そんなことを考えながら、夏蓮に触れてみたいと思っている自分もいると気づき、いい歳《とし》をしてと、ばかさ加減に呆れた。

　一風変わった性格だけに、夏蓮に興味はある。憎たらしいような可愛いような、風変わりな女だ。

　夏蓮はなかなか出てこない。女の風呂は長いものだが、シャワーだけなら、もう出てきてもいいはずだ。

　湯槽に入ることにしたのなら、寝ているのではないか。水を飲んで溺れているのではないかと、徐々に不安になってきた。

　最初から抱くと決めている女なら、風呂に入っていくことなど何でもない。それが、最初はその気のなかった女だけに、覗いていいかどうかと、やけに意識してしまう。

　しかし、遅い。ここで溺死でもされたら大変だ。弁護士という仕事柄、信用にも関わる。

「おい、いい加減に出ないとのぼせるぞ」

　外から声を掛けたが返事がない。静かだ。ますます不安になり、ドアを開けた。

「そろそろ覗きに来ると思ってたんや。スケベ！」

湯槽から首だけ出した夏蓮が舌を出した。

とんでもない女だ。またしても辻村のほうがやられてしまった。

夏蓮は長湯していれば辻村が様子を見に来るとわかっていて、わざと待っていたのだ。

すぐに浴室のドアを閉めた辻村だったが、もう許さないぞという気持ちになってきた。すっかり手玉に取られている。甘い顔をしていると、やられっぱなしだ。

バスタオルを躰に巻いた夏蓮が、へへっと笑いながら浴室から出てきた。化粧らしい化粧はしていなかったので、すっぴんになっても口紅が薄くなったくらいだ。目鼻立ちがしっかりしているので、相変わらず可愛い。しかし、辻村はむかついていた。

「ショーツの匂いは嗅ぐし、お風呂は覗くし、オジサン、弁護士にしては俗っぽくてええわ」

小娘に虚仮《こけ》にされ、このままではプライドが許さない。辻村は窓際のソファに座っていたが、さっと夏蓮の前に進み、バスタオルを剝ぎ取った。

「あっ！」

唐突な行為に驚いた夏蓮は、逃げる暇もなく、短い声を上げるのがやっとだった。

瞬時に見た夏蓮の乳房はせいぜいBカップ、形はいい。下腹部の翳りは薄いようだ。

「大人をバカにするなよ。まだ尻が青いんだろう。見せてみろ」

間髪入れず、ベッドにうつぶせに押さえつけた。

「やめろっ！　ぐっ！」

夏蓮はばたついたが、辻村は左手でしっかりと背中を押さえつけた。そして、形のいいツンと盛り上がった尻を、右手でパシッとひっぱたいた。

「痛っ！　あほっ！　あう！」

三発続けてひっぱたいた。肉の弾《はじ》ける音が心地いい。ひっぱたくたびに清々する。

「このガキ、いい加減にしないと、真っ赤になるまでひっぱたくぞ」

「あほ……ばか……」

夏蓮の声が泣き声に変わったとき、辻村は急速に萎《な》えた。自分が卑劣な男に思えてきた。おまえが悪いんだろう……という気持ちがありながら、女がこんなふうに泣くと、罪悪感に苛《さいな》まれる。

「大人を誘惑するような真似をすると、いつでも尻をひっぱたくからな」

威厳を装ったまま言うと、剝ぎ取ったバスタオルを背中に掛けてやった。

夏蓮はいっそう大きな声を出して泣き出し、辻村を困惑させた。どこまで世話をかけるんだと言いたかった。泣きたいのはこっちのほうだと、辻村は思った。

泣き声の小さくなってきた夏蓮が、やがてピクリともしなくなった。

しばらく、もうひとつのベッドの縁に座って放っておいたが、心配になって覗いてみると、寝息を立てている。

辻村は呆れ返った。なんて奴だと思いながらも、妙に可愛いのが口惜しかった。

九時過ぎから眠ってしまった夏蓮は、なかなか起きない。しかも、うつぶせのままだ。

連泊でビジネスホテルではないとはいえ、正午ぐらいにはいったん出ないと掃除の者に迷惑をかける。フロントに電話すれば融通はきくが、そうまでしたくない。

辻村もやや睡眠不足だったので少し休んだが、隣のベッドに夏蓮がいては、気になって熟睡はできない。何度も目が覚めた。だが、夏蓮はいい気なもので裸のまま熟睡だ。風邪をひかないようにバスタオルの上に浴衣《ゆかた》も掛けてやり、冷房は弱めにした。

今日会ったばかりの男とふたりきりでいて、よくこれほど無防備でいられるものだ。こうやって何人の男と関係を持ったのだろう。呆れっぱなしだが、興味もある。それでも、いつまでもつき合ってはいられない。

明日は朝早く東京に戻る。今夜は祇園のクラブ『すいば』に行き、もう一度、初音に会いたい。高嶺《たかね》の花とわかっていても、恐ろしいほど艶やかだった女の顔を眺めていたい。

「おい、起きろ。昼になるぞ」

十一時を過ぎたとき、辻村はついに夏蓮を起こす行動に出た。

「おい、昼飯だ。ウナギは食べなくていいんだな」

「わっ、マムシ、ご馳走してくれるん！」

ガバリと上体を起こした夏蓮に、辻村はギョッとした。

「マムシ、マムシ。嬉しいな。ほんま、お腹空いたわ。あ、オジサン、私を襲わへんかったん？　やっぱり弁護士さんやわ。けど、おいど叩いたやろ。あほ」

夏蓮は背中に浴衣を掛けたまま、ベッドに置かれていたショーツを穿いた。それから、浴衣を落とし、ブラジャーをつけた。辻村を意識して誘惑しているのか、まったく無防備なのかわからない。

何かひとこと言ってやろうかと思ったが、これまで会ったことのない奇妙な女だけに、眺めているしかない。そのうち、口をあんぐりと開けている自分に気づき、慌てて口を閉じた。

タンクトップを着てジーンズを穿いた夏蓮は、やっと躰を辻村に向けた。

「ひょっとしてオジサン、頭はいいけど、アッチのほう、だめなん？」

「うん？」

「だから、ほら、女の人とできないとか。インポとか不能って言うんだっけ」

「ばか野郎。まだまだ現役だ。いくつだと思ってるんだ。五十前だぞ」

プライドが傷つき、辻村はゲンコツを上げる真似をした。

「ホッとしたァ。マムシ、マムシ。ルンルン」

鼻歌混じりの夏蓮に、またも辻村は拍子抜けした。奢ってやると言ったからには約束は守る。しかし、食べたらさっさと別れないと、これ以上いっしょにいると、本当にスッポンのように離れなくなるかもしれない。

鰻重《うなじゅう》もあっという間に平らげ、夏蓮は健康そのものだ。スリムな躰をしているのは確認している。よく太らないものだと感心する。

「よし、たらふく食べたからには、おとなしく帰るんだ」

「ポシェット、ホテルに忘れてきたから取りに行かへんと」

「何だと？」

「だから、ショルダーバッグに入れてた小さなポシェットを忘れてきたの」

「ショルダーにポシェットを入れるか？　ポシェットなんか見てないぞ。嘘をつくな」

「ほんなら、このショルダーとジーンズのポケット、隅から隅まで調べてみてもええし。学生証と財布、ないもん」

計画的だ。またしてもやられた。

ホテルを出るとき、トイレに行くと言ったが、そのとき、わざとポシェットを置いてきたのかもしれない。しかも、一番大切な財布と学生証を入れて。

話していると大人にはほど遠い、ただの子供だが、K大生だけあって、かなり知能犯だ。

掃除も終わったホテルの部屋は、またふたつのベッドがきれいになっていた。夏蓮は自分の部屋に戻ってきたようにご機嫌だ。

「これから行くところがあるから、ポシェットを持ったんなら、これでさようならだ。妙な縁だったが、他の男なら、とうに襲ってるぞ。それに、無防備に躰を許すと子供ができることもあれば、病気も恐い。二度と知らない男について行ったりするな。言うだけ無駄かもしれないが」

もう少し大人の女ならベッドで楽しもうという気にもなるが、夏蓮は色気がない。若くても色っぽい女もいれば、いくつになっても色気のない女もいる。二十歳前なら、まだ色気は無理かもしれないが、夏蓮の場合、可愛くても色気以前の問題だ。

「行くとこあるやなんて嘘やろ？　けど、もしほんまなら、帰ってくるまで留守番しとくわ」

「出て行け。ひょっとして小遣い銭でも稼ぐつもりか？　援助交際なんて言い方もあるが、あれは売春で、立派な犯罪だ。やったことがあるなら、二度とするな」

「男知らんのに、ようそんな失礼なこと言うなぁ。名誉毀損で訴えたいわ」

「ヴァージンと言うつもりか？」

「そう」

辻村はクッと笑った。

「男も知らない女が堂々と男の前で裸になれるもんか」

「ちっちゃい子は、大人の前でも堂々と裸になるし」

「じゃあ、おまえも子供と同じか」

「オジサンはチョー安全やし。裸で寝ててもどっこもいじらへんかったし。そこで相談やけど、これから女にしてくれへん？　最初はオジサンがええわ。蓮が開くの見たとき、最初の男はオジサンて決めたんやもん」

辻村は耳を疑った。

「まず、おまえがヴァージンとは信じられないし、大学生とセックスする気持ちはない」

呆れた辻村は、きっぱりと言った。

「ヴァージンやったらどうするん？　弁護士さんやし、名誉毀損の責任とって女にしてくれる？」

「ああ、ヴァージンだったらな」

「正真正銘のヴァージンやもん」

「いくら口でそう言っても、あそこを見ればわかるんだぞ。処女膜が破れていたら非処女だ。騙せると思ってるのか？　帰れ」

処女膜は激しい運動で破れることもあるが、夏蓮の場合、経験済みに決まっている。

「ヴァージンやったら女にしてくれるて約束したんやから、してもらわんと。今からヴァージン検査すればええやん」

夏蓮は誘惑しているつもりだろうか。

「あそこを見た男が、みんなその気になるとは限らないんだぞ。帰れ」

そうは言ったものの、女の器官を見て発情しない男はめったにいないだろう。夏蓮の肉のマンジュウには、薄めとはいえ翳りも乗っていた。もうじき二十歳になるからには、子供扱いしても女は女。見れば興奮しそうだ。夏蓮の太腿のあわいを覗いて勃起するのは情けないけれど、夏蓮の太腿を大きく開き、肉のマンジュウのあわいを覗いている自分を想像すると昂ぶった。

何を考えてるんだ……。

辻村は妄想を振り払おうとした。

「ヴァージン検査て、やらしいなぁ……けど、オマタの間を見ぃへんとわからへんのやったら、しょうがないし」

「誰がそんな検査をすると言った」

「そな、検査せんでも信じてくれるん？」

「誰が信じるか。帰るんだ。つまみ出すぞ」

「いやや、検査して」

夏蓮は素早くジーンズを脱ぎ捨てた。そして、止める間もなくピンクのショーツも脱いでしまった。タンクトップはそのままに、下半身丸出しは猥褻だ。

「ばか野郎。その手には乗らないからな」

小娘に誘惑されてたまるかと思った。

「もう一度、シャワー浴びてくる。初めて大事なとこ、男の人に見せるんやし」

夏蓮はタンクトップとブラジャーも取って浴室に入った。名前が夏蓮とはいえ、可憐な女とは大違いだ。大胆すぎる。

とうとうここまで来たぞ。どうする……。

辻村は当惑していた。

本能のままに行動を起こし、弁護士の名前に傷がつくことになったら、一生後悔する。脅迫するような女には見えないが、先に何が待っているか油断はできない。甘く見ていてこんなことになったのだ。今どき二十歳の大学生がヴァージンのはずがない。しかも、男の前で大胆不敵だ。

よし、こうなったらヴァージン検査してやろうじゃないか。

辻村は胆を据えた。

素っ裸になって浴室に入ったくせに、出てくるときはバスタオルを巻いている夏蓮は、可愛いと言えば可愛いが、それも、故意に誘惑しているつもりかもしれない。

「ヴァージン検査するのに、前をタオルで隠してどうする。仰向けになって、この枕に尻を載せて腰を高くして、アンヨをうんと大きく開くんだ。処女膜は隠れた所にあるからな」

口にしただけで辻村は猥褻極まりないヒヒ爺になったような気がして、品位を疑われるのは間違いないと思った。

元芸妓の初音といっしょなら、品格ある紳士でいられるのにと、とんだ早朝の拾いものに溜息が出る。しかし、ヴァージン検査をすると決めたからには、男としてはわくわくしているのを否めない。

「品のいいオジサンて思うてたけど、だんだんやらしぃだけになってきたんとちゃう？」

よく言うよと、辻村は内心、舌打ちした。

「別に強制はしないぞ。今すぐ帰ってもいいんだからな。さっさと帰ってもらうと助かる」

「いやや。なんで、こんなスケベなオジサンが気に入ったんか、自分でもようわからんわ。

パパみたいで安心できるからかな」

「パパだと？　パパにそんなところを見せるのか？」

「母子家庭やし、見せたくても見せられへんわ。けど、赤ちゃんのとき、オムツ換えるとき、パパに見られたかもしれへんし」

どこまでが本当で、どこからが作り話かわからない。

「子供でもできて堕ろしたこともあるんじゃないか？　内診台で何回、アンヨを開いて先生に診せたんだ」

「ほんま、やらしぃなぁ。男知らんのに妊娠するはずないやろ。マリア様の再来なら、処女のまま産むかもしれんけど」

口の達者な夏蓮は、腰に巻いていたタオルを取ると、辻村が動かした枕に腰を載せて仰向けになった。

女とこうしてセックスをするのも珍しくないが、セックスではなく処女検査となると、どうも勝手がちがってやりにくい。

興奮するなと言い聞かせるものの、いくら弁護士とはいえ、それは職業というだけで、元々女好きで数々のアバンチュールを楽しんできただけに、血湧き肉躍ってしまう。それを悟られないように渋面を作り、いかにも検査だと言わんばかりの雰囲気を作るのは難しい。

「ヴァージンやったら、ほんまに女にしてくれるんやろ？　約束やし」

「ああ、ヴァージンだったら、やさしくやさしく女にしてやるさ。お嬢ちゃん、痛くないよって、やさしい言葉もかけながらな」

「やったぁ！」

夏蓮は嬉しそうな声を上げたが、辻村は我ながら恥ずかしすぎる言葉を出した後で、ますます人格を疑われるような男になっていくと、羞恥に汗ばんだ。

その気になって眺めると、夏蓮の肌はきめ細かで、さすがに若いだけに艶やかだ。乳房は決して大きくないが、張りがあるだけに仰向けになってもきれいな紡錘形を保っている。いくら肌のきれいな三十路、四十路の女でも、肌の質がちがう。萌えだしたばかりの若葉と、一カ月経った葉のちがいに似ている。夏蓮の肌はぴちぴちして弾けるようだ。

十九歳の裸の女を前にして、服を着たまま何をしているんだろうという呆れた気持ちもあるが、奇妙で淫靡《いんび》な時間はじきに終わる。しかし、じきに終わると思うと惜しい気もする。太腿のあわいを眺めるのだと思うと、股間のものが疼きそうだ。

こんな小娘を前にして興奮するな……。

気を鎮めるために深呼吸したかったが、夏蓮が大きな目を開けて辻村を眺めている。

まだ女っぽい腰のふくらみや色っぽい肉付きはないが、若いだけに健康的なエネルギーを放っている。まん丸い臍《へそ》が愛らしい。うっすらした控えめな翳りだけ見ていると、まるで処女のようだ。

枕に腰を載せているものの、夏蓮はまだ膝をしっかりとつけている。

「おい、脚を開かないと見えないだろう」

動揺を押し隠すために、素《そ》っ気《け》なく言った。

「お医者さんゴッコみたいでやらしいね……」

今まで臆することのなかった夏蓮が、少し怯《ひる》んでいる。

裸同士ならまだしも、辻村が服を着ているのに、自分だけ裸で脚を開く不自然さに、わずかながら羞恥を覚えているのだろうか。夏蓮が恥ずかしがっているとなると、今まで子供どころか、悪ガキとしか見ていなかっただけに、なおさら昂ぶりそうだ。

「裂けるほど開け。百八十度が無理でも、九十度以上だ」

「ちょっと見たら、すぐわかる……？」

「いや、よく見ないとわからないな」

だんだん猥褻な気分になってきた。

こんなところを人に見られたら、好き者どころか変態と思われるかもしれない。紳士を自任していただけに、若い女を相手にするとこんなにも野卑な男になるのかと、自分でも呆れた。

夏蓮から検査してくれと言ったんだ。追い出すつもりだったのに……。
言い訳した辻村は、強引な頼みを聞いてやってるだけじゃないかと、さらに自分を正当化した。

「やめるか？　いつまでも相手をしているわけにはいかないからな。帰るのか？」

今さら気が変わったと言うなよ、などと未練たらしいことを考えながらも、やはり辻村はすげなく言った。

夏蓮が慌てて脚を開いた。だが、開いた半分をすぐさま閉じた。

「見せないのなら帰れ」

「やだ」

夏蓮は泣きそうな声を出し、破廉恥と思えるほど大きく太腿をMの字に開いた。

肉のマンジュウがパックリ割れて、白い太腿の付け根の女の器官が目の前に現れた。

薄い翳りの載った、ほっこりしたマンジュウの内側の花びらと肉のマメを包んだ包皮が見えるようになったが、花びらはまだ閉じている。

翳りの薄さに比例するような撫子色《なでしこいろ》の女の器官が初々《ういうい》しく、辻村は、思わず、ほうと目を見張った。

「もう、ええ？」

太腿を広げたばかりというのに、夏蓮は早くも閉じる気らしい。

「まだ見てないじゃないか。小陰唇の内側に膣の入口があって、その内側に処女膜があるんだ。花びら……医学的には小陰唇だな、そいつを指で大きく広げてみないと、アンヨを開いただけじゃ、はっきりわからない。見せないで帰るか？　どうせ破けてるんだろう？　破れていたらヴァージン卒業してるってことだから、つまみ出す。見られる前に観念するか？」

ここまでくると、秘密の場所は穴が開くほど見てみたい。閉じられると困るが、あくまでも夏蓮の意志しだいなのだと伝えておかなくては格好がつかない。五十路近い男が、娘と言っていい十九歳の秘所を覗くのを楽しんでいると思われては沽券《こけん》に関わる。

「これでも見えへんの……？　オユビでそこを広げるてほんま？」

夏蓮は困惑したような口調だ。

見て見て、と今までのような溌剌《はつらつ》とした口調で言われるとやりやすいが、妙な羞恥心を持たれると、やけに猥褻なことをしている気がして照れる。そして、照れるだけむらむらしてくるから困ったものだ。

「おまえが検査しろと言ったんだぞ。見ていいのか、もういやなのか、はっきりしろ」

照れと獣欲を押し隠すために、わざと突《つ》っ慳貪《けんどん》に言った。

「見てええけど、やっぱりやらしい気がしてきた。オマタを見るやなんて、やらしいよね」

いやらしいいやらしいと、何度も言うなと言いたかった。そのたびに、猥褻な気分が増し、脳味噌が滾ってくる。

「開かれるのがいやなら、自分の指で花びらを大きく開くんだな」

「自分で開くやなんていやや。恥ずかしいやん」

平気で裸になっておきながら、今になって恥ずかしいとは笑わせる。これも男を誘惑する手段だろうか。

ともかく、辻村は徐々にオスのモードになり、淫らの限りを尽くしたい気持ちになってきた。けれど、いい歳をした大人で品格を重んじなければならない弁護士だという意識が残っており、辛うじて夏蓮に触れるのを堪《こら》えている。箍《たが》が外れたら、一気に触れて舐めまわし、男の印で貫いてしまうかもしれない。

「自分で開くのは恥ずかしいと言いながら、オナニーはいつもしてるはずだぞ」

辻村は、また余計なことを言ってしまった。

夏蓮は大きく太腿を開いたが、花びらはわずかにほころびているだけで、ほとんど閉じた状態だ。女の器官をくつろげなければ、秘口の内側の処女膜はまともに見えない。

「自分の指で開かないなら、こちらで触るしかないぞ。それとも、無駄な検査はやめてさっさと帰るか」

　辻村にとっては猥褻感漂う奇妙な状況になった。次の瞬間、これでおしまいになるのか、淫靡な時間が始まるのか、どちらに転ぶか、まったくわからない。

　夏蓮が自分で太腿を開いたからには、辻村の手でピンク色の器官を大きく晒《さら》し、見たいだけ見ればいい。とうに胆を据えたつもりが、なかなか気持ちが煮え切らない。今まで何人もの女の女園を眺めてきたというのに、今回ばかりは勝手がちがう。

「オジサンが見るんやから、オジサンが見やすいようにするしかないやろ？　病院の先生は患者に看護師の仕事なんかさせへんやろ？　ヴァージンかどうか見てもわからへんのに嘘ついて、引っ込みつかんようになったんとちゃう？」

　またも小娘から誇りを傷つけられることを言われ、やっと決心がついた。

「よし、そこまで言うなら見るぞ」

　辻村は夏蓮の太腿の間に躰を入れ、胡座を掻いた。

　とうとう夏蓮の女の器官に触れることになった。夏蓮は神妙にしている。軽口のひとつも言ってくれないと緊張する。

　まるで初めて女に触れるときのようじゃないかと、辻村はぎこちない自分に呆れていた。他の女に接するときと同じようにすればいいんだと言い聞かせても、営み目的とは明らかにちがう。

最初から花びらに触れてくつろげるのも猥褻すぎる気がして、肉のマンジュウを両手でクイと左右に広げた。

「あっ……」

今までになく可愛い声を出して総身を硬直させた夏蓮と、くつろげただけわずかに広がった愛らしい二枚の花びらに、辻村はむらむらした。夏蓮の声は、微妙に開いた花びらのあわいから洩れたような気もした。

「動くなよ」

肉のマンジュウを広げていた両手を離し、左の親指と人差し指で花びらをクイッとくつろげ直した。

「あん……」

色気もなく元気がよかっただけの夏蓮が、ここにきて、やけに可愛い声を出す。自分の破廉恥行為と夏蓮の声に、辻村の欲望はますますふくらんでいった。

大きく開いた花びらのあわいの粘膜はゼリーのようにとろとろと光り、子宮へと続く女壺の入口は、それよりさらに妖しくぬら光っている。

不覚にも花びらをくつろげている指が震えそうになった。

処女膜と言っても、膜には最初から穴が開いている。そうでなければ月のものが出る場所がない。膜には様々な形態があり、ひとつから数個の穴が開いているものまで多彩だ。

夏蓮の処女膜の穴はひとつ。きれいな輪状だ。ギョッとした。そんなはずはないと、さらに大きく花びらを左右にくつろげた。しかし、やはり破瓜の痕跡がない。

「オジサン……まだ？　そないなとこずっと見られると変になりそうやし」

自分から頼んでおきながら、夏蓮は腰をむずかるように動かした。

処女のはずがないと、辻村は右の人差し指を処女膜の穴に、そっと押し込んだ。

「い、痛っ！」

まだ第一関節までしか沈んでいなかった指を、辻村は慌てて抜いた。

「何したん？　あそこに指、入れようとしたん？　タンポンも痛くて入れられへんのに」

夏蓮が咎《とが》めるような目を向けた。

「タンポンも無理か……？」

「無理や。見ただけでわからんのやったら詐欺やない。見たらわかる言うたのに」

弁護士が詐欺と言われては問題だ。

「いや……見ればわかる……ただ、検査は検査でも精密検査だ」

苦しい言い訳だ。そして、またしても、俺は何をしているんだという気持ちになった。

「精密検査でヴァージンてわかったやろ？」

百パーセント処女のはずがないと思っていたのに、正真正銘の処女だ。女は何人も知っているし、それぞれに応じて扱いも上手いほうだと自負していたが、今回だけは小娘に打ち負かされた気がしてならない。

「わかったら約束守ってもらわんと」

あまりに困惑が大きく、約束が何か、すぐには思い浮かばなかった。

「女にしてくれる約束やもんね」

脚を閉じた夏蓮が半身を起こした。

辻村は困惑した。処女の可能性がないと思ったから軽く口にしただけだ。

「指入れただけで痛いんやし、処女膜が破れるときはうんと痛い？　血はいっぱい出る？　だんだん心配になってきた」

「好きな男ができたら任せるといい。せっかく今まで守ってきたんだからな」

このまま帰ってくれと、祈るような気持ちだ。秘園を見ていたときは猥褻な気持ちにもなったが、辻村から見ると子供としか思えない夏蓮と合体するなど、しかも、処女をいただくなど、やはり荷が重すぎる。

「今まで会った中で、オジサンがいちばんええわ。最初は納得できる人としぃひんと。ヴァージンやったら、やさしくやさしく女にしてやる言うてくれたし」

こんなことになると予想していなかっただけに口から滑った言葉だ。

「いっしょに蓮の花が開くのも見たし」

蓮の花の縁か……。

深呼吸した辻村は、服を脱ぎ始めた。


シャワーを浴び、タオルを腰に巻いて戻ると、裸の夏蓮がベッドに正座している。

何事かと思っていると、

「よろしくお願いします」

三つ指つくようにして、まともに挨拶《あいさつ》されたのには驚いた。

辻村が唖然としていると、姿勢を戻した夏蓮が、急にニッと笑った。

「昔の初夜てこんなふうにしてたん？　古い映画で見たような気ぃする。小説やったかなあ」

「初夜は死語かと思っていたぞ」

現代的な夏蓮の口から出てきた言葉が意外だった。

「どのくらい時間かかるん？」

「男のペニスがヴァギナに入れば、それでヴァージン卒業だ。あっというまに終わる」

「思ってたより味気ないなぁ」

「そこに行くまでに丁寧な儀式があるんだ」

「キスもしてくれるんやろ？　ヴァージンやったら、やさしくやさしく女にしてやる言うてくれた後に、お嬢ちゃん、痛くないよて、やさしい言葉もかけながらと言うてくれたのも、しっかり覚えてるし」

夏蓮はよけいなことを覚えている。できるものなら時間を遡《さかのぼ》り、冗談で口にしたつもりの恥ずかしい言葉を葬りたかった。

「横になるんだ」

「押し倒したりせぇへんの？　初めてやから、どんなふうに進むか、見当つかへん」

どうも調子が狂う。夏蓮の口数が多いせいだ。それも突拍子もないことを言う。オスがその気になるどころか、気を削がれるようなことばかりだ。

これ以上、勢いをなくしたらどうしようもない。覚悟を決めて、夏蓮が余計な言葉を洩らさないように、唇を塞いだ。

「うぐ……」

硬直し、くぐもった声を鼻から洩らした夏蓮を横にした。

キスもしたことがないとは思わないが、夏蓮はすっかり固まっている。舌を唇のあわいに押し込もうとしても、力を入れて閉じている。

顔を離して何か言うと、また勢いをなくすようで、唇をつけたまま乳房を揉みほぐした。弾力のある若々しいふくらみだ。

鼻から熱い息を洩らす夏蓮の手は、いつしか辻村の背中にまわっている。女との交わりというより、子供が母親にしがみついているような感じだ。

参ったなと思いながら、小粒の乳首をいじった。

「ん……ん」

顔を離そうとする夏蓮に、唇をさらに強く押しつけ、乳首を指の腹でなぞった。肩先をくねらせ、夏蓮は逃れようとしている。もう一方の乳首に指を移して、軽く揺すった。

「んぐ！」

夏蓮の総身が反り返った。

感じているのかと思ったが、乳首から顔が離れた瞬間、こそばい、と夏蓮が言った。くすぐったいとわかり、辻村は苦笑した。

「くすぐったいのを我慢したら感じるようになるんだ。これを嚙んでおけ。無駄なおしゃべりをしたらやめるからな」

タオルの端を口に押し込んだ辻村は、乳首を口に入れて舌先でチロチロと舐めた。

「ぐ……んぐ」

タオルを嚙んだ夏蓮は、くすぐったさに耐えている。しかし、じっとしていることができず、反射的にクイッと胸を突き出してくる。

顔を離すと、夏蓮の胸にはすでに汗が滲み、肌がねっとりとしている。小さな乳首が、それなりに硬くしこっているのが可愛い。

またチロッと舐めて様子を窺《うかが》うと、くぐもった声と同時に眉間に可愛い皺を寄せ、顎をわずかに突き出した。

くすぐったがっているというより、一人前に感じているような気がするのは思い過ごしだろうか。タオルを嚙ませているので、アブノーマルなことをしているような感じもして、いつになくおかしな気分になる。

破瓜の日に花壺でエクスタシーを迎えられるはずもないが、できるだけ時間をかけて愛撫してやり、少しでも痛みを和らげてやりたい。だが、夏蓮は目を開けている。言われたとおりにタオルを嚙んだまま、言葉を出せないのはいいが、様子を窺うたびに、こちらの表情を見られては調子が狂う。

ひっくり返してうつぶせにした。

肩胛骨のあたりを舐めると、夏蓮はシーツをつかんでくぐもった声を上げ、身悶えた。

まだ感じているのかくすぐったがっているのかわからないが、耐えているのがわかるだけに、蹂躙《じゅうりん》しているような気がしてきた。すると、徐々に嗜虐的な気持ちが昂まってきた。

背中を舐めまわしている間中、夏蓮は声を上げ続け、たまらないというように、総身をくねらせ、汗まみれになっていった。

尻肉を舐めると、ことさら夏蓮は大きな声を押し出し、双丘をヒクッとバウンドさせた。

後ろのすぼまりをくつろげて眺めたい気持ちはあるが、最初は刺激が強すぎるかもしれない。もう少し大人になってからだと、好奇心を押しとどめた。

足指には紅いペディキュアが施されていて可愛いが、これも男を知る最初の日にはどうかと、口に入れるのは思いとどまった。

またひっくり返すと、夏蓮はタオルの端を嚙んだまま、火照った顔をしていた。生意気なところもあるが、こうして言葉も出さず、生まれたままの姿で女になるのを待っていると思うといじらしくなる。

辻村は下腹部に躰を移し、太腿を大きく押し上げた。透明なうるみが女の器官に広がっている。ぬらぬらとした銀色の蜜液に鼻を近づけると、熟女よりかすかに淡いものの、確かなメスの匂いがした。

夏蓮の腰が恥じらうようにくねった。

男を知らない夏蓮の秘園を知っているのは自分だけだと思うと、辻村は今頃になって感動してきた。翳りも生え、月のものも始まってから、夏蓮は秘密の花園を誰にも見せていない。

こうしてきれいな器官を眺めていると、無傷の器官の見納めだと感慨深くなる。ほんのひとときだけつぼみを見せて、これから一気に咲き開こうとしている。通過儀礼を受け、女になった印が刻まれ、もう二度と元には戻れない。

「そんなに見んといて……オムツ換えられてるみたいで恥ずかしやない……」

夏蓮の声に、辻村は顔を上げた。

「よけいなおしゃべりをしたら、続きはやめると言ったはずだぞ」

夏蓮は慌ててタオルを口に持っていった。

「クンニリングス、知ってるか？ 言葉ぐらい知ってるだろう？ それとも、されたことがあるか。処女の経験者でもおかしくないもんな」

夏蓮が首を振って否定した。

秘園に顔を埋めた辻村は、会陰から肉のマメに向かって、べっとりと秘園を舐め上げた。

「ぐっ！」

腰を突き上げた夏蓮の総身が激しく痙攣した。

その瞬間、辻村は鼻頭を叩かれた気がした。女の器官にめり込み、ぬめりの洗礼を受けた顔を離すと、夏蓮が絶頂を迎えたのがわかった。初めての舌戯に感じすぎ、ひと舐めで気をやったらしい。無傷の処女膜を抱えた秘口がひくついている。

夏蓮が嚙んでいたタオルは頰の横に落ちている。まだまだ子供と思っていたのに、法悦を極めて眉間に皺を寄せ、口を半開きにしている表情は、やはり女のものだ。

「クンニの初体験はどうだ。感じすぎたか」

「こないな感じ、初めて……お洩らししそう」

一度気をやっただけで、夏蓮はぐったりしている。

「オジサン……大人になるて恥ずかしなあ……みんなこないなことしてるん？」

そう訊かれると答えにくい。人それぞれだ。

「これを腰に敷くんだ。尻を上げてみろ。シーツに血がついたらまずいだろう？」

バスタオルを差し出した。

「血……一杯出るん？」

最初の勢いもなく、夏蓮の顔は心細そうだ。

「指一本入らないところに、太い奴が入るんだからな。だけど、痛いのは最初だけだ。それが終わったら、だんだん気持ちよくなる。でないと、女がセックスをしたがるはずがないからな」

「オジサン……私のあそこに入るの、見せてくれへん？　ややこのちっちゃいのんしか見たことあらへんし……」

言われて初めて、まだ勃起していない肉茎に気づいた。いつもならとうに漲《みなぎ》っているはずが、まだ情けない姿だ。かなり緊張しているからだろうか。

「大人のペニスを見たこともないのか」

「あるわけないやろ……」

「いつもはこんなに萎えてるんだ。それが、興奮すると大きくなるんだ。握ってみろ」

頭の横に両膝をついた。

「そのくらいなら、ちょっと痛いだけかもね……」

萎えている小さな肉茎を見た夏蓮が、ホッとしている。

「握ってみろ」

夏蓮の手を取って股間に導いた。

萎えたものをキュッと握られた瞬間、屹立はむくむくと成長を始めた。

「わっ！」

声を上げた夏蓮が手を引いた。元々大きな目をさらに見開き、息を呑んでいる。

「嘘やろ……ふにゃっとしてたんが、こないになるやなんて。これは入らへん……無理や」

「怖《お》じ気《け》づいたか。勃起すると、みんなこのくらいにはなるぞ。どのくらいの硬さか、ちゃんと確かめたか？」

「恐い……オジサンがせっせとせぇへんから……さっさとして……約束なんやから」

泣きそうな顔をして夏蓮が目を閉じた。

「タオルをしっかりと咥えておけ。ラブホテルじゃないし、声が廊下まで聞こえるとまずいからな。まあ、たいしたことはない。蚊に刺されるくらいだ。あっというまに終わる」

落ちたタオルをふたたび夏蓮の口に突っ込み、安心させるように適当なことを言った。ほとんど破瓜の痛みのない者もいれば、激しい痛みを感じる者もいる。処女膜も個人差がある。やってみないとわからない。

ふたたび太腿を押し上げ、秘口のうるみを確かめた。肉のマメに触れるとすぐに達するのでまずい。花びらの尾根を舌先で辿った。

「んんっ！」

腰が跳ねた。

うるみは十分だ。しかし、破瓜の痛みが消えるわけではない。辻村は夏蓮の脚を下ろし、左右の乳首を唇の先で軽く吸い上げた。夏蓮の短い喘ぎがタオルに吸い込まれた。

辻村は指で花びらを割り、パールピンクに輝いている秘口の入口に肉茎を押し当てた。それから、一気にグイと腰を沈めた。

「ぐぐ！」

抵抗なく肉茎は処女膜を通過し、狭い膣ヒダを押し広げていった。

夏蓮の表情が苦痛に歪んだ。

腰を引き、また沈めると、夏蓮はタオルを吐き出し、大きく首を振った。

「い、痛っ！」

演技ではないせっぱ詰まった表情と、逃げようとする仕草に、辻村は夏蓮の両腕を押さえ、もういちど浅い女壺をグイッと突いた。

「ひっ！」

夏蓮の口からほとばしる悲鳴を止めるため、胸を合わせて唇を塞いだ。ドクドクと音をたてる恐ろしいほどの心音と鼻からこぼれる荒々しい息が、辻村に伝わってきた。

辻村を押し退《の》けようと、頭と両腕を必死に動かそうとしている夏蓮を、数秒だけ力で封じた。それから、顔を離し、まだ大きく屹立しているものを抜いた。

「痛い……」

夏蓮が肩先を震わせて泣きはじめた。

肉茎も腰の下に敷いたバスタオルも鮮血で染まっている。貫くときは抵抗を感じなかったものの、処女膜が厚めだったのだろうか。それとも、指一本入れられなかった処女膜の穴が小さく、その分、剛直の通過で大きく裂け、その痛みが大きかったのだろうか。麻酔なしで肉を引き裂くのだ。痛いのは当然だ。だが、その痛みは男にはわからない。

「今のような痛みはこれきりだ。次はもっと楽だ。シャワーを浴びるぞ。動けるか」

「もう一生……動けへん……」

夏蓮が、しゃくりながら言った。

激しい出血の跡を目にして、自分が女にしたのを再確認すると、辻村は夏蓮が切ないほど愛《いとお》しくなった。

「歩けないのか」

鼻頭を紅くしてしゃくっている夏蓮がコクリと頷いた。

ティッシュで秘部の血液を拭き、処女血で染まったバスタオルの端を持ち、夏蓮を抱き上げた。また夏蓮が子供のように、わっと声を上げて泣いた。

「大人になったのに、そんな泣き方をするな。赤ちゃんみたいでおかしいぞ」

「嘘つき……蚊に刺されるくらいて言うたのに、うんと痛かったやない」

「一生に一度の女の記念だ。痛いほど思い出に残る。二度は経験できないんだ」

「こんな痛いの、二度も経験しとうないわ」

哀れを感じていたものの、しゃくりながら拗ねた顔で言う夏蓮がおかしかった。

躰を洗ってやり、そのあと、拭いてやった。浴室から出ると、冷えたジュースを出してやった。

気のせいか、夏蓮が以前より女っぽく見える。

「オジサン、ビール出してあげようか」

ジュースを飲んだ夏蓮が顔を上げた。

「そうだな、喉が渇いた」

出血が酷《ひど》かったので歩いても大丈夫かと気になったが、自然に歩いている。

名前の夏蓮と可憐は同じ響きでも、夏蓮に可憐さはないと思っていたのに、やけにいじらしく思え、また抱きしめたくなった。

缶ビールだけ持ってくるかと思っていると、グラスも持ってきて、缶を開けて注いだ。処女膜が破れただけで性格が変わるはずもないのに、しとやかに見えるのが不思議だ。

「あんなことしたがる女の気ぃがしれん……」

夏蓮がうつむきがちに言った。

「だんだん気持ちよくなるんだ。二、三度したら、出血も痛みもなくなるからな」

「そんなに……じゃあ、うんと我慢するし、あと二、三度して。それからしか帰らへん」

辻村は噎《む》せそうになった。

夏蓮の処女を卒業させたものの、すぐに気持ちがよくなるはずもなく、破瓜の痛みが激しかっただけ、次もまだ少し痛みも出血もあるはずだ。それを辻村が口にしたのは親切心からだったが、またも予想外の展開になろうとしている。

「約束は守ったから、もうおしまいだ」

「そやけど、次も痛かったらいやや。今日、痛くないようにしてくれへんと、一生セックスできひんようになる。オジサン以外の人に痛いことされるのいやや」

また夏蓮が涙ぐんだ。

たかが小娘なのにと思っても、女の涙には弱い。わっと泣かれるのも困るが、涙ぐまれると、よけい胸に迫ってくる。

「本当に好きな男ができてからでいいじゃないか。若い奴なら、そこを見ても処女かどうかわからないだろうし、セックスのとき痛がって出血したら、処女と思われる。男は感激するぞ。そのほうがいいじゃないか」

「もう処女やないもん。わざわざそんな嘘なんかつく必要ないわ」

これには反撃できない。

「あんなに泣かれたから萎えてしまった。五十近いし、すぐには勃起しないかもしれない」

自信はあるが嘘をついた。

「ずっと待つし。明日の朝まででも。朝まで待ったら大丈夫やろ？」

「二晩も家に帰らないつもりか？　警察に捜査願いを出されるぞ」

「そないに心配なら、ママに電話入れるわ」

夏蓮はすぐにケイタイを取った。

「ママ？　ミチルがもう一日、泊まっていけへんかて。今日、ミチルのママがマムシ奢ってくれはったから元気潑剌やわ。ほな、明日」

夏蓮が携帯を切った。今どきはこれで済むのかと、辻村は啞然とした。

「ミチルのママがマムシをご馳走してくれただと？」

「弁護士のオジサンがなんて言えへんやない。今夜は、ここにお泊まり決定」

泣いたり涙ぐんだり、そうかと思うと親に巧みに嘘をついたり、夏蓮は自由奔放に動いている。

「オジサン……あれにキスしたい」

「うん？」

「はじめて私のあそこに入ったペニス……」

夏蓮は辻村の胸に顔を埋めた。口にしたものの、恥ずかしがっているとわかり、何という女だと思った後で、また可愛くなった。

玩ばれている気もするが、夏蓮の中にあるいくつかの性格が次々と出てくるだけだ。それに伴って、くるくると変わる表情も面白い。結局、憎めない女だ。

「処女を卒業したばかりなのに、もうフェラチオの練習か」

「ちっちゃいのがおっきくなるとこ、また見たい……凄《すご》すぎるわ」

夏蓮はタオルで隠れている辻村の印を布越しに触れたものの、さっと指を引いた。

肉茎を初めて目にした夏蓮は、萎縮してふにゃりとしたものがみるみるうちに勢いづき、硬く大きく変化するのにおっかなびっくりだ。

タオルの上からチョンと触って手を引っ込めた夏蓮がおかしく、辻村は苦笑した。

「もうあそこに入ったじゃないか。そんなに恐がっていたらキスなんかできないぞ。キスしたかったんじゃないのか？」

夏蓮を女にした後、射精しないまま剛直を抜いたので、いったん萎えたものの、すぐに勢いを増すはずだ。

辻村は腰を隠しているタオルを取った。

「触ってみろ。大きくなるはずだ」

茂みの中でうずくまっている萎えた一物を見つめる夏蓮の視線は、ただ一点に注がれている。

辻村は夏蓮の手を取ろうとした。すると、それより先に上体を曲げ、太腿の狭間《はざま》に顔を埋めた。そして、肉茎にさっと口づけた夏蓮は、すぐさま顔を上げた。

たちまち、萎えていたものがもっこりと勃《た》ち上がってきた。

「わっ」

顔を上げた夏蓮は、目を見開いた。

「もっと触っていいんだぞ。そしたら、もっと大きくなる」

「触るだけ大きくなっていくん……？」

「試してみたらどうだ。こうやって握るんだ」

辻村は、まず自分の手で側面を握ってみせ、次に、夏蓮のほっそりした手首を握って剛直まで持っていった。

側面に触れると、夏蓮はビクッとしていったん手を引いたが、辻村が手首を離すと、こわごわ握った。

まだ完璧ではなかった勃起が、夏蓮の手の感触で最後の成長をはじめた。

「ひゃっ！　恐っ！」

夏蓮が手を離した。

芝居ではない驚きがわかるだけに、辻村は苦笑した。こんなウブな女だったのだ。

剛棒は完全に復活した。

「キスしないのか？　フェラチオの練習していいんだぞ」

「噛みつかれそうで恐い……」

「じゃあ、まず手で触るんだ。セックスの前は、男は女に、女は男に、手や口を使って悦ばせてやるもんだ。それからが本番だ」

側面を握らせ、その手に自分の手を添え、辻村はゆっくりとしごいた。

「男はこうしてオナニーするんだぞ」

「ばァか……」

夏蓮の小さな声が純でおかしい。

「自分でもしてるだろう？　オナニーは恥ずかしいことじゃないんだぞ」

うつむいた夏蓮に、また辻村は苦笑した。

「握ったまま亀頭……ここを舐めてみろ。ここは感じるところだ」

辻村は肉杭の頭を指さした。

夏蓮がコクッと喉を鳴らした。

肉茎を手にした夏蓮は、亀頭を可愛い舌先で舐めると、鼻から荒い息を吐きながら顔を離した。

「ここが精液が出てくるところだ。男はオシッコもここからだが、同時にいっしょには出ないようになってる。開いてみていいぞ」

夏蓮は意味がわからないでいる。辻村は親指と人差し指で鈴口を開いてみせた。

「外尿道だ。俗に鈴口と言うんだ。ここに尖らせた舌先を入れられるとゾクゾクする。デリケートだから、やさしく扱うんだぞ」

辻村が指を離すと、夏蓮は息を止め、自分の指でくつろげた。そして、またも顔を埋めてチロッと舌先で触れた。肉茎全体がヒクッと動くと、夏蓮は声を上げ、慌てて離れた。

夏蓮にとっては何もかもが初体験で、驚きの連続のようだ。

「男の感じるところはここもだ。エラと言ったり笠と言ったりするが、コリコリと口でやられると気持ちがいいんだ。ペニスの裏側のこの筋みたいなのは裏筋と言うことが多いが、これに沿って舐め上げられるのも気持ちがいい。そのうち、袋も触ったりしなくちゃな。覚えることはいっぱいあるぞ。咥えてみろ。アイスキャンデーとでも思えばいいんだ」

辻村はバックボードに半身を預けた。

滑稽《こっけい》なほど大きく息を吸った夏蓮は、脚の間に入り込み、右手で肉茎をつかんだ。それから、先のほうだけぱっくりと咥え込んだ。しかし、どうしていいかわからないようで、息を止めて動かない。

「唇を閉じたまま頭を動かすんだ」

やっと頭が動いたが、ぎこちない。根元まで咥えることができず、二、三センチ先を行ったり来たりしていたが、やがて、舌をチロチロと動かして側面を舐めた。だが、また動きを止め、鼻から熱く湿った息をこぼした。

「今から上手いんじゃ困るが、これから練習していかないとな」

辻村は笑った。

「交代だ。女になったあそこを見せてみろ」

「早く痛いのがなくなるようにして……我慢するし……」

ベソを掻きそうな顔がいじらしい。

夏蓮を仰向けにして太腿の間に入り、花びらをくつろげた。無傷だった処女膜の二カ所にはっきりと裂け目が入り、破瓜の痕跡が見て取れる。

秘口に唇をつけると、たちまち夏蓮の腰が跳ねた。

「気持ちよすぎて、またお洩らししそうになるわ……」

「気持ちがよくてお洩らしするのは恥ずかしくないんだぞ。潮吹きのこともあるしな」

潮吹きを説明しても理解できないだろうと、辻村は花園に顔を埋め、花びらと肉のマンジュウのあわいを舌先で滑った。

「んんっ！」

ひと舐めで、またも簡単に夏蓮は気をやり、総身を小刻みに痙攣させた。

舌戯で気をやった夏蓮の総身の痙攣が収まったとき、辻村はうとうとしたくなった。

「昼寝しないか？」

「その前に、あれ、してくれへんと……早く痛くないようにして」

破瓜の痛みが消えていない夏蓮は、二度目の挿入を待ち望んでいるのではない。あと一、二度痛みを体験し、それを乗り越えなければならないと知り、一時も早く、その苦痛を終わらせてしまいたいと思っているだけだ。

「出血もなく、痛みもほとんどない女もいるのに、大損だな」

「けど、一生、忘れられへんやろ……オジサンのこと……」

また可愛いことを言う。

あと一度で痛みはなくなるのか、二、三度必要なのかわからない。しかし、夏蓮は後に引かないだろう。やるしかない。

乾いたバスタオルを、今度も敷いた。まだ出血の恐れがある。

「オジサン、恐い……」

「やめるか？　無理することはない」

「いや……して」

夏蓮が目を閉じた。

胸を合わせて唇を塞ぎ、舌を差し入れて唾液を奪うと、初めて夏蓮も舌をチロチロと動かした。しかし、すぐに鼻からくぐもった声を洩らし、舌の動きを止めた。

顔を離すと、小さいなりに桜色の乳首がしこり立ち、感じているのがわかる。

「感度がいいな。女冥利に尽きるぞ。生まれつき鈍い女もいるからな」

秘園に手を伸ばして肉マンジュウの中に指を入れると、夏蓮は腰をくねらせた。

確かなぬめりを指に感じた辻村は、屹立を秘口に押し当てた。次の行為を予想し、夏蓮の胸が大きく喘いだ。

まだ狭く浅い花壺の奥まで、辻村は一気に肉杭を沈めていった。

「痛っ！」

まだ夏蓮の痛みは酷いようだ。処女膜がそんなに厚かったのだろうか。見た限りではわからなかったし、屹立にも抵抗らしい抵抗は感じなかった。敏感なだけ、痛みも激しいのかもしれない。

何度も痛みを味わわせては可哀想だと、辻村は心を鬼にして腰を引き、また、奥まで沈めた。それを数回繰り返した。

「い、痛っ！」

苦痛に歪む夏蓮を見下ろしながら腰を動かしていると、女の躰は哀れだと思うと同時に、オスとしての嗜虐的な感情も湧いてくる。

押しのけようとする夏蓮の腕をおさえ、何度も抽送を続けた。

これで三度目の痛みはないのではないかと思いながら、ようやく辻村は動きを止めて剛直を抜いた。

「これだけしておけば、次からは大丈夫だ」

またも泣きじゃくる夏蓮に、辻村は限りなくやさしい気持ちになった。


夏蓮とは蓮の縁と思うことにして、腰を据えて朝までつき合うことにした。だが、夕食を食べに出て和服の女に出会うと、つい初音の顔が浮かんでしまう。今夜、『すいば』に行かなければ、次は一カ月後しか顔を出せない。裁判の後の一日か二日の休養は、ようやく仕事をやりくりして作っている。帰ると仕事が立て込んでいて、次の裁判まで出てこられない。

初音の恐ろしいほどの色気に比べると、夏蓮など子供でしかない。初音に会いたいと思うが、夏蓮を女にしてしまった以上、冷たく放り出すわけにもいかない。京都にいるあと少しの間、つき合ってやるしかない。

夏蓮は辻村の分までステーキを食べ、デザートの柚子《ゆず》のアイスクリームもふたり分平らげた。太ってもいないのに、どこにそんなに入るのかと呆れた。

店を出ると、美味しいコーヒーの店があるから飲みたいと引っ張っていかれ、土産物店があると、人形のついた安物のストラップが欲しいと言われた。

「パパ、ありがとう」

買ってやるとそんなふうに礼を言われ、完全に店員には父親と思われている。

「明日は朝食を食べて、八時には新幹線に乗るからな。部屋に残るわけにはいかないぞ」

そう言うと、夏蓮は早く帰ろうと言い出した。

部屋に戻ると、夏蓮は指を折った。

「こんなことしなくても、あと十二時間で朝の八時やなあ……」

淋しそうな顔をされると心が揺れる。

「お風呂、いっしょに入る？　背中洗ってあげるし」

夏蓮が服を脱いだ。

辻村も服を脱いで風呂に入った。

石鹸で泡立った辻村の茂みに手を伸ばした夏蓮が、クッと笑った。初めて知った男の道具が面白くてならないらしい。それによって破瓜の苦痛を味わったというのに、女は不思議な生き物だ。

「きゃっ、またおっきくなってきた。こんなもんオマタの間にあって、男は退屈することなんかあらへんやろ？」

「そんなにいじるとまた入れるぞ」

やはり痛みを思い出すのか、夏蓮の笑顔が消え、考える素振りを見せた。そんなところが何となく可愛い。

女というより、やはり娘のような感じが消えない。

風呂から上がると、夏蓮はもっぱら辻村の肉茎をいじりまわし、男女の営みの前戯というより、子供の玩具という感じで遊んでいる。

「コンニチハ、コンニチハ」

鈴口を開いたり閉じたりして、そこがしゃべっていることにしたいらしい。

「あ……」

困惑した顔をした夏蓮が、鈴口を動かすのをやめた。

「ちょっとオシッコが出てきたみたい」

鈴口に滲んだ透明液を、夏蓮は小水と勘違いしている。

「それはカウパー腺液といって、女のラブジュースと同じだ。舐めていいぞ」

「いや」

「大人の女なら舐めるもんだ」

辻村は煽ってみた。

じっと亀頭を眺めていた夏蓮が、深呼吸して、チロッと鈴口を舐めた。だが、すぐに顔を顰《しか》めた。思わず辻村は笑った。

「やっぱりまだ子供だな」

夏蓮は子供扱いされるのが悔しいようで、太腿の狭間に顔を埋めると、ペロペロと熱心に舐め始めた。

まだ口戯は上手くないが、生暖かく柔らかい舌の刺激に、アヌスまでズンと疼いてきた。

半身を起こした辻村は夏蓮を横にし、太腿を押し上げ、女の器官をくつろげて、ねっとりと舌を這わせた。

「んんっ！」

またも夏蓮は、すぐに昇天して打ち震えた。だが、こうやってすぐに極めるのは今だけだ。この刺激に慣れてくると、法悦を極めるまでに時間がかかるようになる。

「もうおしまいにするか？」

「いや……けど、もうちょっとしてから……あれ、また入れてね……」

そう言った夏蓮は恥ずかしいのか、横に並んだ辻村の胸に頭を入れ、顔を隠した。こういうところは憎めない。

いつまで顔を隠しているのかと思っていると、いつしか寝息を立てている。夕食をたっぷり食べただけでも眠くなる。まして、気をやり、さらに眠くなったのだろう。健康的で子供っぽい夏蓮に拍子抜けした。

夏蓮を可愛いと思いながらも、辻村はふっと初音を思い浮かべた。この時間、まだ店に出ているはずだ。夏蓮が眠っているのなら、一時間でも『すいば』に顔を出したいと心がはやった。元芸妓だったという妖艶な初音は、男の欲情に火をつける魔性の女だ。

すぐに帰ってくると夏蓮に手紙を書いて出ようと思い、そっと躰を動かした。夏蓮が無意識のうちに身を寄せてきた。

しょうがない。おまえにつきあうか……。

苦笑した辻村は、また来月だと、初音への思いを断ち切った。

翌朝、追い返そうとしても新幹線に乗り込むまでついてきた夏蓮に、辻村も別れが辛くなった。

「電話していい？」

「教えるつもりはない」

「知ってるもん。名刺もらったもん」

夏蓮はいつ名刺入れから抜いたのか、辻村の名刺をヒラヒラと振り、ニッと笑った。

「絶対、迷惑かけへんから。これないと、一生後悔しそうやもん」

啞然としている辻村に、今度はまじめな顔をして言った。

子供ではない女の顔だった。

第三章　情熱花

九月に入ったが、残暑は厳しい。しかし、夏とは大気のようすが微妙にちがう。

友人の阪井に頼まれている京都での裁判も、順調に三回目が終わった。

祇園のクラブ『すいば』のママ、初音のことが、この一カ月の間、気になっていた。電話を掛けるのも野暮かと、今日をひたすら待っていた。

ひと月前、『すいば』に行かれなくなった原因を作った女子大生の夏蓮からは、いつ電話が掛かってくるかとハラハラしていたが、今のところ連絡はない。自分が女にした以上、気にならないことはないが、恋愛や性愛対象にはできない。

ときおり、天真爛漫《らんまん》な姿や、破瓜のときの苦痛の顔、別れる最後に見せた女の顔が浮かんでくることがある。いい男と巡り会うことを祈るばかりだ。夏蓮の人生はこれからだ。

夕方までには時間がある。クラブは早くても七時開店だろう。ホステスは早く出てきても、ママは八時か九時頃にしか出てこないかもしれない。それまでの時間が長い。

目の保養に、骨董品店の並ぶ五条坂をぶらぶらしながら、清水寺には向かわず、産寧坂《さんねいざか》を下りながら、土産物店を見てまわった。

これといって目新しいものはないが、京焼・清水焼専門店に入ると、晩酌にいいぐい呑みが欲しくなった。店には何組かの客もおり、気楽に見られそうだ。

清水焼は唐津焼や備前焼、萩焼などとちがい、京都で作られる陶磁器の総称で、実にさまざまの種類がある。

棚に並んだぐい呑みを見ていると気になる色があり、辻村は手に取った。炎のような色をした磁器だ。手にするとわずかな窪《くぼ》みが指にちょうど収まり、大きさも、持った感触もいい。それを置いて、他のものも手に取ってみたが、やはり最初のものが気になった。

そんな色のものを買ったことはないが、下品ではなく、だから上品かというと、そんな言葉はしっくりせず、炎の色に妙に魅せられる。陶工の情念が籠《こ》もっているような気がする一品だ。安くはないが、そう高くもなく、ちょっとした贅沢と思えば、毎日の晩酌も楽しくなりそうだ。

辻村はレジに向かった。

レジの横で、ストレートの髪をひとつにした涼しげな作務衣《さむえ》風の紬《つむぎ》の上下を着た女が、店主らしい男と話していた。辻村の持ってきたぐい呑みを見た女が、唇をゆるめた。

「おおきに。それ、うちの作品なんです」

陶工といえば男しか思い浮かばなかった辻村は、せいぜい三十路、もしかしたら二十代かもしれない女の言葉が意外だった。

「驚いたな……これを作った人がここにいたなんて。変わった色だし、持った感じもいいし、炎のような色だと思って」

「へえ、炎をイメージして作りました。気づいてくれはったやなんて、嬉しいわあ」

濡れたような唇をした女の中に炎が燃え盛っている気がして、辻村は動悸がした。

「この人は、これからどんどん伸びていく作家さんですよ」

「社長は社交辞令の名人ですから」

店主の言葉に女は剽軽《ひょうきん》に答えた。

炎のような色のぐい呑みを作った女は、これから自宅に帰るところだと言った。

「偶然、うちがここに寄ったときにぐい呑みを買ってくれはったなんて感激やわ。すぐそこに美味しいコーヒーのお店があるんです。おもらせてもらいますけど、いかがです？」

「おもらせてもらうというのは……奢るということなのかな？」

「あら、すみません……そうです」

「そりゃあ、僕のほうが感激だ。でも、気に入ったぐい呑みを手に入れることができたお礼に、僕がご馳走しますよ」

　時間を持てあましていたというより、女の雰囲気に惹《ひ》かれるものがあった。唇が誘惑的だ。濡れてもいないのに、やはり濡れているように感じてしまう。やけに肉感的だ。

　産寧坂の数寄屋風の喫茶店で、女陶工は、綾瀬かんなと名乗った。

「カンナの花は梅雨《つゆ》の頃から十一月ごろまで咲いてますでしょ？　夏の強い日差しにも負けん強いとこと、花期の長いとこなんかが気に入ってつけた名前とか。でも、うちは火のようなカンナの色が好きで、いつからか、そんな色の清水焼作りたいと思うようになってました。まだまだですけど、さっきは嬉しかったです。炎のような色と言われて」

　かんなは心底嬉しそうな顔をした。

「清水焼を作っているからには京都生まれのようだけど、あなたの言葉を聞いていると、京都の人のようなちがうような」

　完全な京都弁ではないようで、辻村は首を傾《かし》げた。

「京都生まれです。でも、若い人ほど標準語に近くなるでしょう？　京都の人とは京都弁で話しますけど、標準語も大丈夫です」

　言われてみれば、年寄りほど土地の言葉が強く、若いほど標準語に近くなるのはわかる。東京暮らしを始めた若者達など、たちまち故郷の言葉から遠ざかっていく。しかし、女子大生の夏蓮は京都弁だった……。

「うちの家、清水焼の窯元なんです。清水焼は家内工業も多くて、うちもそうですけど」

「窯元の娘さんか」

「小さな窯元です。山科《やましな》に住んでます」

「山科には有名な清水焼の団地もあるんじゃなかったかな。そこなのか」

「詳しいんですね。焼き物がお好きやったら、もっとうちの作品、見てもらいたいわ。今夜はひとりです。これからお暇だったらいかがです？　団地は近いですけど、そこじゃなく、一軒家なんです」

「今夜はどうしても顔を出さないといけないところがあって……」

扇情的なかんなにも興味があるが、今夜はひと月ぶりに初音に会いたい。迷うところだが、やはり、初音の顔は見たかった。

かんなはテーブルのナプキンを取って、住まいの地図を描き、ケイタイの番号も書いた。

「夜中でもかまいません。ぜひ来て下さい。山科まできてくれはったら迎えに行きます。京都から零時過ぎでも東海道線があって、五分で着きますし、タクシーより早いですし」

「京都駅からたった五分か。思ったより便利だな。観光ではたいていタクシーを使うから、もっと遠いと思っていたんだが」

夜中でもいいという言葉に驚いたが、辻村は顔には出さなかった。自分の作品を見てほしいと言っているが、別の意味があるのではないかとも思った。そして、まさか……と思い直した。

「会ったばかりなのに信用されたのかな」

「だって、胸のバッジ、弁護士さんでしょう？　ヒマワリの中に天秤《てんびん》。金メッキがかなりくすんできているのはベテランの印やないかと」

そこで初めて辻村は、裁判所を出てからバッジを外すのを忘れていたのに気づいた。私的な時間では、できるだけ外すようにしている。うっかりしていて気づかなかった。

「参ったな。見ても解らない人が多いのに」

辻村はバッジを外してポケットに入れた。

「いつもは外してはるんですか？」

「悪いことがしにくくなるから」

辻村はかんなの性格から、軽口を叩いても大丈夫だろうと思った。

「じゃあ、今夜は悪いことでも？」

「えっ？」

「どうしても顔を出さないといけないところがおありなんでしょう？」

「今夜は仕事がらみなんだ。その後、一日か二日は、できるだけゆっくりしていくことにしているんだが」

辻村はうまく言い繕った。

かんなとはもう少しいっしょにいたかったが、夕食を囲む時間のゆとりはない。一度帰ってシャワーを浴び、ワイシャツも着替えてから初音の店に顔を出したかった。

「電話番号をお訊きするのは失礼でしょうから、こちらの番号だけ渡しておきます。待ってますから。ほんとにお待ちしています」

店を出て別れるとき、かんなは相変わらず濡れているような唇に笑みを浮かべ、軽く頭を下げた。

その唇を塞いだら、どんな感触だろう。淫らな気持ちが辻村を襲った。

気が多いと言われればそれまでだが、いい女が目の前に現れれば欲しいと思ってしまう。しかも、かんなは自分から誘っている。だが、躰はひとつ。同時にふたりを相手にするわけにはいかない。

残念だが、今夜は一カ月思い続けた初音に会うのが先だ。元売れっ子芸妓だったという初音ほどの女を、一度や二度会ったからといって自由にできるとは思っていない。それでも、今のところ、京都には頻繁に足を運べないだけに、顔だけでも出して繫《つな》ぎをつけておかなくてはと焦る気持ちもあった。

早い時間に『すいば』に顔を出しても初音はおらず、若いホステスが相手をするだろう。いくら早くても八時過ぎにしか顔を出さないつもりだったが、七時近くなると、やはり落ち着かなくなった。

迷ったあげく、辻村は腰を上げた。

店に着くと、まだ初音がいるはずはないと思ったが、深呼吸してドアを開けた。

「あら、先生、嬉しい！」

バーテンに迎えられた後、先月テーブルについた若い女が、辻村の顔を見て弾んだ声を上げた。

やはり初音の姿はない。客もまだいない。

「元気そうだな。ママも元気なのか」

「今日は南座の公演を見た後、まっすぐということやったから、きっと早いわ」

ついてると思ったが、男を連れてやってくる可能性が高い。

だが、初音は八時前、意外にもひとりで現れた。

「まあ、先生、いつ東京から来はったんどす？　阪井はんはごいっしょじゃないんどすか？」

「残念ながら。阪井に電話してみようか」

心にもないことを反射的に口にした。

「阪井はんは、つい先日もお見えにならはりましたし、今夜は先生だけでよろしおす」

そう言って扇子で口元を隠した初音は、いたずらっぽく笑った。辻村は嬉しかった。

「紗合わせとは、さすがに贅沢だな」

下の紗の着物の水草《みずくさ》模様が、上に重ねて着ている山葵色《わさびいろ》の紗に透け、初音が動くと、下と上の着物の生地が微妙にずれ、美しい輝きを見せる。五月の下旬から六月、八月下旬から九月までしか着られない贅沢な着物だ。

「おおきに。下は水草紅葉《もみじ》どす。ほんの短い時期しか着られしまへんさかい、先生に見ていただくことができて嬉しおす」

着物から仄かに漂い出す上品な香《こう》の移り香は、選ばれた大人しか足を踏み込むことのできない花園に存在する妖しい香りのような気がして、辻村は、またも初音に魅せられた。

初音を水揚げした男はどんな肩書きを持っていたのだろう。今のパトロンはどんな仕事をしているのだろう。辻村とは比べものにならない力を持っていると想像できるだけに、見知らぬ男に嫉妬してしまう。

営みの最中の初音の喘ぎを想像してしまった辻村の股間のものが、ずくりと疼いた。

「ママは立派な男達に囲まれて、いい恋もしてきただろうし、世の女達から見ると羨望の的だな」

辻村は軽く口にしたつもりだったが、初音の顔が曇った。だが、一瞬の後、また笑みが浮かんだ。

「人生、いいときばかりやなんてあらしまへん。うちかて雨のときも風のときもありますし。けど、おかげさまで、たいてい晴れどすなあ」

初音の肌は透きとおるように白い。ここに通う客の何人が初音の肌を知っているのだろう。初音と向かい合っている時間が長くなるほど、狂おしい気持ちになっていく。

ホステスは席を外し、初音しかいない。こんな機会はなかなか訪れないだろう。

「ママとはゆっくり話せないと思っていたのに、早く来てラッキーだったようだ。明日の夜も、また来られたらいいが」

「まあ、明日も必ず来ておくれやす。仕事柄、いろんなお話をお聞きになってきはったんでしょ？　たまにはうちも誰かに、ゆっくり話を聞いてほしい思うことありますわ」

初音は軽く溜息をついた。

「あら、かんにんどすえ……お客様にこないなことを口にするやなんて。ここに来てくれはったら、みなさんに殿上人になってもらうのがうちらの務めやいうのに」

初音が慌てた。

困惑した視線も艶かしい。

「明日は丸一日、時間があります。聞かせてもらってかまいません。というより、ぜひママの話とやらを聞いてみたい気がします」

些細なことでもチャンスに繋げたいと、辻村は名刺には刷っていないケイタイの番号を、紙に書いて渡した。

三人連れの客がやってきた。

初音は席を立ち、代わりに若いホステスがやってきた。

辻村は落胆した。だが、明日に期待したい。

世間話のかたわら、ホステスに店の状況やママのことをさりげなく訊いた。

「ママはモテモテですけど、中には無理を言わはるお客さんもいはって、何人も追い出されはったんですよ。永久追放のお客さんもいはったり」

ホステスが笑った。

マナーを知らない客など来てもらわないほうがいいというのが、誇りあるママらしい。まじめな客に迷惑をかける客なら、店の品格を保つには追い出すに限るだろう。

「ママは我《わ》が儘《まま》なお人が大嫌いなんです」

「阪井社長は大丈夫なのか」

辻村は剽軽に訊いた。

「社長は口は悪くていやらしいけど、いい人やて言ってはります。私も社長が来はったら、楽しくなりますし」

阪井はそんな男だ。確かに口は悪いし、露骨に性の話を口にするが、さっぱりしているせいか、不思議と誰からも好かれる。金払いもいい。

じきに店は満席に近くなり、初音が次にテーブルにやってきたのは、一時間ほどしてからだった。

「せっかく東京から来てくれてはるのに、ほんま、かんにんどすえ」

「繁盛していて何よりじゃないか。長居するといけないな。そろそろ失礼しよう」

「もう帰りはるんどすか……？」

ママはそう言ったが、辻村を引き留めようとはしなかった。長居しても、ママとはなかなか話せない。辻村にもわかっている。

「電話下さいよ。明日ならママの話をゆっくりと聞けますから」

外まで見送りに出た初音に言った辻村は、タクシーに乗った。後ろ髪を引かれる思いだ。

初音は色っぽすぎる。今夜も抱けないと思うと、急激に性欲が昂まってきた。

運転手に訊かれ、辻村はホテルまでと言うつもりが、東海道線の山科駅までと口にしていた。

「どちらまで？」

昼間、産寧坂で出会った陶工、炎のような色をしたぐい呑みを作ったかんなの、待っていますから、という言葉が甦《よみがえ》っていた。

初音を一度でいいから抱いてみたい。白い肌に触れ、あえかな喘ぎを聞きながらひとつになりたい……。

そんな思いがありながら、簡単に叶う夢とは思えず、まして、東京に住んでいるだけに頻繁に店に通うこともままならず、欲求不満のやるせなさが店を出たとたんに一気にふくらみ、女を抱きたいという欲情に駆られ、かんなの顔が浮かんでいた。

かんなのメモした紙を出して電話した。

辻村が名前を言うと、

「先生ですか！　嬉しい」

かんなの明るい声が返ってきた。

「今、祇園でタクシーに乗ったところだ。山科駅で降りるから」

「待ってます。後はうちの車で」

かんなの声は、まるで恋人でも待つように弾んでいる。

白い月下美人を想像させる初音とは、まったくちがう女だ。同じ人間はふたりとしていないとわかっていても、それぞれのちがいが極端で、女への興味が尽きない。

山科で降りると、昼間と同じような作務衣風の服を着たかんなが、満面の笑みを浮かべて待っていた。

「嬉しい。電話くれはるにしても、もっと遅くなってからと思って油断してました」

「思ったより早く用が終わったんだ」

「ここからすぐですから」

かんなは辻村に助手席を勧めた。

他の女に恋して抱けない不満を、かんなで解消したいと思っている後ろめたさより、堪え性がなくなっている獣に近い今夜の自分に、辻村は戸惑っていた。それほど初音の虜《とりこ》になっていた。

初音は何を話してくれるのだろうと、明日のことを考えた。明日は初音とふたりきりになれるだろうか。喫茶店あたりで向かい合って話すだけだろうか……。

そう簡単に会えるもんか……。

電話も掛かってくるかどうか……。

明日への期待の後で、初音との密会などバカな独りよがりだと、辻村は自嘲した。

「疲れはりましたん？」

運転しているかんなが、ちらっと辻村に視線を向けた。

「いや、今夜の仕事がらみのつき合いも終わってホッとしたのかな……」

辻村は笑いを装った。

かんなは屋敷に着いて車を入れると、いったん降り、大きな木戸を閉めて戻ってきた。

外の世界と隔てられたのがわかり、辻村の欲望はさらに大きくふくらんだ。

「かなり広い屋敷のようだ。ここで窯《かま》焚《だ》きもするのか」

肉欲を押し隠し、辻村は焼き物の話題を出した。

「ここはガス窯だけです。登り窯のほうが面白いものができますし、それは別のところで、他の人といっしょに年に二度ほどやってます。買っていただいたぐい呑みも、登り窯で焼いたものです。あら……そないなこと、とうにおわかりでしょうね。どうぞ」

車を進めて車庫で停めたかんなは、二棟並んだ二階建ての和風の建物を、一階部分の屋根で繋げたどっしりした屋敷の玄関に案内した。

中に入ると、太い木材が潤沢に使われた味わい深い雰囲気だ。

「飲み物はビールでよろしいですか？　呑んでいただいてる間に、うち、ちょっと着替えてきます。電話いただいてから時間が気掛かりで、着替える暇がなかったんです」

「そのままでいいじゃないか」

「でも、これじゃ、お酌するにも色気がないでしょう？」

笑ったかんなの唇が、また濡れているように妖しく光った。

辻村の欲望は、かんなが作ったぐい呑みの炎の色のように、めらめらと燃え盛った。

「酒を呑むためじゃなく、器を見に来たんだし」

心を押し隠してそう言った。抱きたいから来てしまった。だが、この場で獣のように押し倒してことに及ぶことなどできない。

「器を見るためだけに来はったんですか？」

心の底を覗くような目が向けられた。

「やっぱり浴衣に着替えてきます。十分もかかりませんし」

かんなは辻村を座敷に通した。欄間の向こうの部屋の襖《ふすま》は閉まっている。

十畳の和室には黒い漆塗りの座卓だけが置かれ、床脇の違い棚には、ぐい呑みと同じ釉薬《ゆうやく》を掛けた朱い大皿が飾られている。それを見ている間に、かんなはビールを運んできた。

「十分だけ、おひとりで呑んでて下さいね」

そう言い残してかんなが消えた。

十分か十五分もすると、かんなは髪を簡単に上げ、紺色地に団扇《うちわ》模様を描いた浴衣に白い博多帯を締めて戻ってきた。

作務衣風の服とちがい、女らしさが色濃く漂っている。最初に会ったとき、濡れているようだと思った唇が、今はさらにぬら光っているように見え、やけに艶かしい。

「これでお酌できるわ」

かんなは辻村の横に座った。

「色っぽくてクラクラするな」

本心だった。

「ふふ。それがほんまやったら、うんとクラクラしてほしいわ。少し冷酒でも持ってきます。うちも呑みたいわ」

かんなが立ち上がろうとした。

俺を誘っている……。

辻村はそう確信した。

かんなを抱き寄せ、唇を塞いだ。

唐突な辻村の行為にかんなが硬直したのは、ほんの一瞬だった。すぐに舌が入り込んできて、ねっとりと辻村の舌に絡まった。独立した生き物のように動きまわる舌に、辻村も夢中で唾液を貪った。

濡れ光っているような唇はやわやわとして、想像どおりの感触だ。最初から、やけに唇が気になっていた。こうして唇を合わせてしまうと、いつしか『すいば』の初音のことが念頭から消えた。

かんなの鼻から湿った熱い息が洩れている。激しい鼓動も伝わってくる。

いつしかふたりは畳の上に横になり、執拗に唾液を奪い合っていた。舌が絡まっていたかと思うと口中を動きまわり、朝までも唇を合わせたまま時が過ぎていきそうなほど、ふたりは舌を動かすのに夢中になっていた。

辻村は浴衣越しにかんなの乳房に触れた。服の上から想像していたより豊かな感触が、掌《てのひら》に伝わってきた。

ゆっくりとふくらみを揉みほぐした。

「んん……」

かんなは鼻からくぐもった声を洩らした。ゾッとするほど官能的な喘ぎに、辻村の息も荒くなった。

懐に手を入れ、直接ふくらみに触れた。吸いついてくるように柔らかい乳房だ。揉みしだきながら、乳首を人差し指と中指で挟んだ。指の間で、果実はまたたくまにコリッとしこり立った。強弱をつけて挟んでは、指先だけで果実の頭を撫でまわした。さらに乳首が硬くなった。

「あう……熱い……もう熱くなってきたわ」

顔を離したかんなが喘いだ。

これほどまでに色っぽい女だっただろうか……。

着替えてきただけで変わるとは思えないが、簡単に髪を上げ、浴衣で現れてから、確かにそれまでより婀娜《あだ》っぽい。

「熱い……」

また濡れた唇が動いた。

「本当にきみだけなのか……？」

その気になっている辻村だが、広い屋敷にかんなひとりというのはおかしい。今夜は誰もいないと言っていたが、ここで無防備に営みを始めるには不安がある。

「みんな今朝から二泊の旅行に出かけてます。うちひとりです」

「旦那さんもか……」

「とうに別れました。うち、ひとりの人では我慢できひんみたい……あの朱《あか》い釉薬の器を作り始めてから、躰の底から淫らで妖しい火が燃え上がってくるようになって……この躰を炎のように燃やしつくさんことには耐えられへんようになったんです……月に一、二度……どうしようもなくなるの……」

「それが今日か」

「そう……朱いぐい呑みを手にしたあなたを見たとき、火がついたの」

かんなは扇情的な視線で辻村を見つめた。

月に一、二度、官能の炎が燃え盛ってどうしようもなくなるというかんなの告白は、辻村の欲情をも燃え上がらせた。

会ったときから唇が妖しく濡れているようだと思ったのは思い過ごしではなく、かんなの欲望が表れていたのかもしれない。

かんなの激しい欲求が朱い器を作らせているのだろうか。それとも、朱い器がかんなの肉欲に火をつけたのだろうか。かんなは朱い釉薬の器を作り始めてからと言ったが、かんなの中に巣くっていた情熱が朱の器を作らせている気がしてならない。

赤裸々な告白をされたからには、もう遠慮はいらない。辻村は横になっているかんなの懐を大きく左右に割った。

まろび出た白い乳房の真ん中でしこり立っている乳首が誘惑的だ。顔を埋め、果実を口に入れて吸い上げた。

「あはあ……」

艶かしい喘ぎとともに胸がクイッと突き出されると、辻村の股間のものは一気に勢いを増した。

左の乳首を指でいじりまわしながら、右の乳首は吸い上げたり舌先を微妙に動かしたり、刺激に変化を与えた。

「あう……我慢できへん……うちのあそこ……もうおかしくなってきてる」

かんなが切なそうに言った。

全身に唇を這わせるつもりだったが、かんなにそんなことを言われると、女園を見たくてたまらなくなった。

「どんなふうにおかしくなってるんだ。ぬるぬるがいっぱいか？　だったら、浴衣に洩らしたようなシミができてるかもしれないな」

「あっちに連れて行って……」

かんなは襖の閉まっている欄間の向こうを指さした。

「開けて……」

中断したくなかったが、立ち上がった辻村は欄間の下の襖を開けた。

八畳間に布団が敷いてある。辻村の鼻から熱い息がこぼれた。

「連れて行って」

甘やかな声に煽られ、辻村はかんなを抱き上げて八畳間に入った。抱かれたまま、かんなが欄間の下の襖を閉めた。

布団に下ろされたかんなは、辻村の服を脱がせ始めた。

「ああ、熱い……早く先生のあれを見たい……あそこだけやなく、乳首もズクズクしてるわ……」

かんなはもどかしそうに辻村のベルトを外し、ズボンを下ろした。

辻村は脚を上げ下げして、かんなの動きを手伝った。

「嬉しい。こない大きくなってるわ」

かんなは辻村の剛直を握り、跪《ひざまず》いたままパックリと口に含んだ。

思いがけない行為に驚いた辻村は、立ったまま、かんなの濡れた唇を見つめた。

かんなは剛棒を咥え込むと、頭をゆっくりと引いた。それから数回、頭を前後させた。

肉茎の形だけ丸くなっている唇の淫らさと、やんわりとした肉茎への刺激に、辻村のものはいっそう膨張した。

かんなの左手は剛棒の根元を握っている。そして右手は、玉袋をそっと揉みほぐしはじめた。

屹立を唇がしごき立てていくと同時に、舌は裏筋をジグザグに動きながら刺激していく。そうしながら、舌も淫猥に動き始めた。

頭を引いたときは、しばらくそこで止まり、亀頭をねっとりと舐めまわし、鈴口も丹念にこねまわした。それから、肉笠を唇だけでなく、歯でそっとしごきもした。

いくつもの刺激を同時に与えるかんなの巧みな愛撫に、辻村は爆発しそうになった。

「おう……上手いな……ちょっとストップだ。いきそうだ」

辻村は両肩を押してかんなを離した。

「うち、飲みたい……」

「その前に、きみのジュースを飲ませてくれ」

わざと浴衣は脱がせなかった。素裸にするより、胸元を割って乳房を出し、裾を捲り上げて女園を眺めるほうが猥褻だ。淫猥なほど獣の血が滾る。今夜のふたりは完全に発情している。

かんなの浴衣の裾を上前から大きく捲り上げた。次に、下になっている裾を左にグイッと捲った。帯を締めたまま下半身が剝《む》き出しになり、猥褻さが増した。肉のマンジュウに張りついている濃いめの翳りも淫蕩に思え、辻村は荒い息を吐いた。

閉じている脚を開いて腘《ひかがみ》を思い切り掬い上げ、Mの字にした。

肉のマンジュウが割れ、銀色の蜜をしたたらせた女の器官が現れた。辻村のものを欲しがっているように、すでに紅い発情の色に染まりはじめている。花びらが大きい。それだけに、よけい、次の行為を催促しているように見える。

秘部を見つめた辻村は、腘から内腿へと手を移して押し上げ直し、太腿のあわいに顔を埋めた。オスをクラクラさせる淫靡なメスの匂いが鼻孔を刺激した。大きな花びらを舌で左右に分けると、かんなの腰がくねりと動いた。すでにそこら中、ぬるぬるとしている。

荒々しい息をこぼしながら、辻村は蟻の門渡りから肉のマメに向かって、ねっとりと舐め上げた。

「はああっ……」

腰が浮き上がるようにしてくねった。

ぬめっていた女の器官から、蜜が多量に湧き出した。辻村はたっぷりと舐め取って味わった。それから、舌先で女園の隅々まで丹念に観察を開始した。

花びらが大きいだけ、細長い包皮に包まれている肉のマメも大きめのようだ。真珠玉を隠しているサヤを剝き上げるように舌を動かすと、かんなは堪らないというように、ああっと、大きな声を押し出した。

辻村は会陰から肉のマメに向かって、何度もべっとりと舐め上げた。それから、花びらを一枚ずつ丹念に舐めまわし、尾根を辿り、肉マンジュウとのあわいの谷間をくすぐり、聖水口をチロチロと舐めた。

「くっ！　そこっ！　そこ、好きっ！　んんっ！」

かんなは驚くほど大きな歓喜の声を上げた。

そこだけを、そっとつついたりこねまわしたりした。

「うち……うち……たまらんわ。うんといやらしことして！　ああ、燃え尽きたいわ。燃える窯の中に放り込んでほしいわ」

かんなの言葉に煽られ、辻村は秘口に口をつけて蜜を吸い上げ、ジュルッと破廉恥な音をさせて味わった。

「くうっ！」

かんなが激しく身悶えた。

秘口に舌を押し入れると、キュッと締まってすぐさま押し出された。

肉のマメを包皮越しに責め立てた。

「燃える……ああ、燃えるわ……いく……もういってしまうわ……くううっ！」

かんなの総身が硬直し、大きく打ち震えた。

乳房が剝き出しになり、浴衣を捲られて下腹部を露《あら》わにしているだけでも淫猥だ。そのうえ、眉間に悦楽の皺を刻んで顎を突き出し、口を開けている姿は悩ましすぎる。

辻村は顔を上げ、かんなの表情に見入った。

「先生の大きいの、欲しい……」

絶頂の波が収まったとき、汗ばんだかんなが言った。

「でも、今度はうちがさっきの続きを……オクチでしてあげます」

嬉しい申し出だが、巧みな口戯で奉仕されては長くは持たない。

「フェラチオは後だ。もっと味見がしたい」

大きな一回の波だけでは満足していないかんながわかるだけに、もうしばらくこってりと愛撫したい。気をやったときの妖艶な表情は魅惑的だ。何度でも見てみたい。

上に乗って唇を合わせると、またも互いの舌が激しく絡み合った。唾液を貪り合っている間に、どんどん欲望が昂まってくる。

かんなの手が辻村の股間に伸び、屹立を握った。微妙に強弱をつけて側面を握り締め、しごきはじめた。

辻村は唇を離して耳朶を甘嚙みした。

「あは……」

かんなの手の動きが止まった。

辻村はかんなの浴衣の肩をグイと下ろし、完全に上半身を剝いた。そして、かんなの両手を左右の肩先で押さえ込んだ。それから、ふたつの乳首を交互に舌と唇で責め立てた。

「あう……乳首だけいじられるとあそこが……あそこがおかしくなるわ……大きいのが欲しい……先生、欲しい」

自由の利《き》かない両手を動かそうとするかんなは、切なそうに眉間の皺を深く刻んだ。

「かんなのあそこは淫乱だな。うんと太いものが欲しいのか」

「欲しい……うんと大きいのが欲しい」

唇が濡れている。欲情しているかんなの唇は濡れたように光る。オスをそそるメスの器官の一部だ。

「簡単にはやらないぞ」

辻村は嗜虐的な気持ちになった。

左の腋下に舌を入れた。

「あう！　そこはだめ！　くっ！」

大きく肩先がくねった。

腋下も性感帯だ。辻村は逃げられないようにしっかりと両手を押さえつけたまま、腋下を舐めまわした。

「あう！　かんにん！　そこはいや！　んんっ！　やめて！」

必死に両手を動かそうとして汗まみれになっていくかんなを見つめながら、辻村はますます残酷な気持ちになった。捕らえた獲物を、食する前にいたぶっている気がしてきた。抗《あらが》いが激しくなると、肉茎がひくつき、疼いた。全身を責め立ててからひとつになろうと思っていたが、堪え性がなくなった。

「入れてやる。その前に、これをうんときれいにするんだ」

辻村はかんなの頭を跨いで膝をつき、鈴口から透明液の滲んでいる屹立を、蠱惑的《こわくてき》な唇のあわいに押し込んだ。

積極的に奉仕されると射精しそうだが、挿入する前に権力者として君臨したい。それが、かんなの頭を跨いで奉仕させることだった。

両手の自由を取り戻したかんなは、剛棒の根元に手を伸ばした。だが、下からのフェラチオがやりにくいのはわかっている。辻村が動かない限り、自分の首を伸ばし、頭を近づけてやるしかない。しかし、それは大変な労働だ。それがわかっていて、辻村は故意に口戯を施しにくい位置に腰を落とし、かんなからの刺激を弱める策を取った。

かんなは首を伸ばそうとしたが長くは続かず、舌を伸ばして亀頭を舐めまわした。生暖かいねっとりした舌に触れられると、全身がゾクゾクした。

辛うじて亀頭しか舌で触れられないかんなは、肉茎を手でしごきながら、もう一方の手で玉袋もいじりまわした。

総身の表皮がざわざわと粟立《あわだ》つような、それでいて躰の内側は熱くなるような、不思議な感覚だ。いつまでもその悦楽に浸っていたい気がした。けれど、鈴口を集中的に尖らせた舌先で舐めまわしたりつつかれたりすると、また射精へと導く快感が押し寄せてきた。

まだ気をやるわけにはいかない。腰を上げた辻村は、まずは正常位の体勢になり、ぬめついた秘口に亀頭を押し当てた。そして、グイッと腰を沈めた。

燃えているような花壺に、肉杭が誘い込まれていった。

「ああっ……いい」

剛直が沈んでいくとき、かんなは半開きの唇から艶やかすぎる喘ぎを洩らした。女としての至福の表情を刻んでいるようで、辻村は官能の炎をいっそう熱く燃え立たせた。

「嬉しい……先生のこれで突いてほしかったの」

奥まで肉杭を沈めると、かんなは下から腰を揺すり、寸分の隙間もないほど腰を密着させた。

「先生、うちのそこ、気持ちええ？　どないな気持ち？　ね、先生……」

かんなの唇は、さっきよりいっそう淫らに光っている。

「動きたいのに気持ちよすぎて動くのがもったいないし、かといって動かないわけにはいかないしな。だけど、じっとしていても気をやってしまいそうなオ××コだ」

辻村は卑猥な四文字を口にした。

「いやらし言葉出さはって……けど、嬉しい……今夜、うち、メチャメチャにしてほしいわ。けど、弁護士の先生やったら、まじめなセックスしかしやはらへんの？」

かんなは腰をねっとりと妖しくくねらせた。

「弁護士の前に、ただの男でしかないさ」

今は男というよりオスの感情に近い。

「嬉しい。うち、先生に獣みたいに抱かれたいわ。獣になってくれはるかしら」

かんなの言葉が、ほとんど京都弁になってきた。

今まで、かなり意識して標準語に近い言葉を使おうとしていたのだろうか。それとも、閨《ねや》に入るとそうなるのだろうか。土地の者と話すときは京都弁と言っていた。何もかも剝ぎ取って裸になると、言葉も素に戻るのかもしれない。

「今夜は満月じゃなかったか？　こんな日は人も狼になるのかもしれないな」

車を降りるとき、ちらりと眺めた空を思い出した。

「ふふ、そしたら、二匹の狼やわ」

　かんなは頰をゆるめ、また腰をくねらせた。肉のヒダが剛棒をやんわりと締めつけてきた。それから、秘口だけでなく、女壺全体が不思議な動きを始めた。

　秘口に屹立の根元が食い締められたかと思うと、花壺の中が意志を持った生き物のように蠢きはじめ、まるで剛直の側面をしごき立てるように、根元から亀頭に向かって膣のヒダがキュッキュッと動いていった。かと思うと、真ん中あたりだけが締まった。そして、今度は亀頭に近い部分が締めつけられた。

　何十本もの指が側面をいじりまわしているようだ。しかし、おおざっぱな感触ではなく、目に見えない無数の虫が這いまわっているような繊細な刺激に近い。

「おおっ……自由に中を動かせるのか……凄いぞ」

　辻村は起こしていた躰を倒し、かんなと胸を合わせた。同時に唇も合わさった。

　ひとつになったまま、辻村とかんなは舌を絡め、唾液を貪り合った。こってりした口づけになるほど、かんなの女壺がますます妖しく蠢く。じっとしていると精を搾り取られそうだ。

　辻村の鼻から苦しいほどの息が洩れた。

　顔を離そうとしても、かんなの舌が絡みついて離れない。濃厚すぎる口づけに、ふたつの躰がひとつに融合していくようだ。肉茎は女壺の奥深くに入り込み、さらに吸い込まれていきそうで、下腹部には紙一枚入り込む隙間はなく、二匹の獣が、やがて一匹になっていくような錯覚を覚えた。

じっとしているより、むしろ激しく動いたほうが射精までを長引かせることができるかもしれない。肉ヒダの蠢きが妖しすぎるだけに、そんな気がした。

メスに食い殺されるカマキリのオスのように、じっとしていては殺されてしまうかもしれない。心地よさに恐怖はないが、このままでいたい気持ちと、凶暴なほどにかんなを責めてみたい気持ちが混ざり合っている。

かんなに負けじと唾液を貪り、味わった後、絡みついてくる舌を押し退けるようにして顔を離した。

半身を起こし、乳房を乱暴につかんだ。

「あう！」

かんなが眉間に深い皺を刻んだ。

悦楽のときに見せる表情と、苦痛の表情と似ている。もしかして同じものかもしれない。

辻村はふくらみの中心でしこり立っている葡萄《ぶどう》の実のような乳首を、軽く抓《つね》った。

「あう」

また眉間に悩ましい皺ができた。同時に、辻村の屹立はキュッと肉のヒダに締めつけられた。

苦痛と悦楽は対極にあるはずだが、かんなの表情を見ていると、ますます同じもののような気がしてきた。

冷静にかんなを見下ろしながら、さっき以上に力を入れて乳首を捻《ひね》り上げた。

「んんっ！」

開いた唇のあわいから、ぬらぬらと光る白い歯が覗いた。

辻村の剛直も軽く乳首を抓ったとき以上に食い締められ、思わず短い声が洩れた。

苦悶と喜悦がいっしょくたになっているようなかんなの表情と、悲鳴とも喘ぎともとれるオスを煽り立てる声に、辻村は嗜虐的な思いに駆られた。

ふたつの乳房をつかんで、腰を激しく数回、抜き差しした。内臓を突き破るような勢いで突いた。

「くっ！　あうっ！　あっ！」

悲鳴に似たかんなの声に、全身の血が熱くなった。

腰の動きを止め、深く結合したまま、ぬるぬるの肉のマメを人差し指で揉みほぐした。

「くっ……」

秘口と膣ヒダの動きがせわしなくなった。

妖しく蠢く肉のヒダに負けまいと、ぬめる肉のマメをいじりまわしながら、辻村はかんなの顔を見下ろした。

汗ばんでこめかみにへばりついた数本の髪や、声を上げるたびに突き出される顎、そのときに伸びる女らしい首にそそられた。

かんながどんなふうに感じているかわかるはずもないが、男より数倍心地よいのではないかと思える表情だ。

「ぬるぬるしすぎてオマメが逃げそうだ」

包皮越しに左右に小さな真珠玉を玩ぶと、女壺が屹立をじわじわと包み込んだ。その快感に浸っていると、そのまま精を噴きこぼしそうで、また辻村は剛直を激しく出し入れした。玉袋も激しく揺れた。

「んんっ！　届くっ！　あうっ！」

奥の奥まで女壺を突き上げられるのがいいのか、かんなはぬら光る唇を大きく開いて歓喜の声を押し出した。

「激しいのがいいのか！　突き破られそうなのがいいのか！　これか！」

煽られた辻村は、グイグイと腰を打ちつけた。

激しすぎて女壺が壊れてしまうのではないかと不安になったが、かんなはもっとと言うように、辻村の動きに合わせて、下から腰を突き上げてくる。いっそう深く密着しては離れ、また密着し、ふたりは汗まみれになっていった。

「あう！　いいっ！」

「うっ」

辻村も声が洩れた。じっとしていてはかんなの膣ヒダの蠢きに耐えられないと動き始めたが、激しい動きを続けたら続けたで、やはり射精に近づいていく。けれど、できるだけ射精までを長引かせたい。

何かに取り憑《つ》かれたように、お互いに猛然と動いていたが、辻村は動きを止め、一息入れるために、また肉のマメをいじりはじめた。

激しい行為で肩で息をするようになっていたかんなが、密着した交接部に指を伸ばし、肉杭の根元を辿った。

「ああ……うちのオソソいっぱいに先生のもんが入ってるわ」

嬉しそうに言ったかんなは、辻村が肉のマメをいじっている人差し指に手を添えた。

「こんなふうにして……こんなふうにされると……もう我慢でけへんようになって……ああう」

かんなは自分の意志で、辻村の指を細長い包皮の上で丸く動かしはじめた。

今まで以上に肉のヒダが妖しく蠢き、肉茎から全身に向かって、ざわざわと愉悦の波が広がっていった。

「ああ……いいっ」

かんなの息が乱れ、過呼吸気味になり、乳房が荒々しく波打ち始めた。

「おお……凄いぞ……ペニスが食われてしまいそうだ」

辻村は奥歯を嚙みしめた。

直接肉のマメに触れているのは辻村だが、かんなが自分で指を動かし、快感を得ている。こんなふうに、女といっしょに指を動かすのは初めてだ。動かすといっても、辻村はじっとしているだけで、かんなが辻村の指に自分の指を添えて軽く握り、自慰をするときのように動かしている。

それなのに、不思議とかんなの快感が辻村の指先にも伝わってくる。肉茎だけでなく、指先までムズムズしはじめた。

かんなと一心同体になり、かんなの躰で起こっていることを、男ではなく、女になった自分が味わっているような錯覚に陥ってしまう。それでいて、オスの印は女壺の中でクイクイと締めつけられ、絶えずひくついている。その感覚も鮮烈だ。それなのに、指先は肉のマメの快感を受け取っている。自分の中にオスとメスが混在しているような摩訶《まか》不思議な感覚だ。

「いいわ……気持ちよすぎて……あう……もうあかん……うち、あかんわ……」

ハァハァと、いっそう荒い息を吐きはじめたかんなは、肉のマメをいじりまわす指の動きを速めた。

辻村の指に添えた自分の指を思いのままに動かしはじめたときから、かんなは、ずっと円を描くようにしている。女の自慰を何回か見たことがあるが、みんなちがう動きをする。

肉のマメを包皮越しに左右に揺する者、マメを挟んで震動させる者、上下に撫でさする者、激しくこねまわす者……と、さまざまだった。女壺のほうが感じるのか、指を挿入して出し入れする女もいた。両方を玩ぶ者もいた。

「ああ、いく……もうすぐいくわ……先生、うち、いくわ……熱い……躰が燃えるように熱いわ」

ラストスパートの男の腰の動きのように、絶頂前の指の動きが加速した。かんなの法悦がすぐそこまできている。息は荒く、乳房は絶えず大きく波打っている。辻村の肉茎も、ますます秘壺の中で妖しく責め立てられた。油断すると爆《は》ぜてしまいそうだ。

「ああっ！」

かんなの指が止まり、硬直した総身が弓形にのけぞった。

顎がグイと突き出され、細い首が伸びるだけ伸び、ぬめった唇は大きく開き、今までにない深い悦楽の表情を刻んでいる。男には想像もできない、とてつもない肉の悦びを感じているように見える。

剛棒の根元がギリギリと食い締められ、精を搾り取られそうになった。

辻村は、ぐっと奥歯を嚙み締めて誘惑に耐えた。女壺の奥が法悦の瞬間、風船のようにふくらみ、多量の精液を待ち受けているはずだ。けれど、何とか耐えきった。

かんなの絶頂の収縮が徐々に弱まってきた。収まる直前を見計らい、辻村は抜ける寸前まで腰を引き、ズブリと奥まで押し込んだ。

「くううっ！」

法悦が収まりきらない敏感なときに辻村の剛直を激しく打ちつけられ、かんなは再び絶頂の波に放り込まれて硬直し、さっき以上に激しく打ち震えた。かんなの悦楽の表情は悩ましすぎる。

鼻から苦しいほどの熱い息を噴きこぼした辻村は、かんなの顔を見つめながら腰を動かした。抜き差しし、女壺の縁をぐぬりとまわっては揺すり上げた。

「んんっ！　あうっ！　ヒッ！」

敏感になりすぎているかんなの躰は、法悦前の何十倍も感じているのかもしれない。

激しく気をやった女が秘口の収縮を繰り返しているときに触れると、驚くほどの声を上げ、逃げようとすることがある。感じすぎると苦痛のようだ。

女の絶頂には二通りあり、小さな波が何度も訪れて悦楽が続き、永遠に続いてもいいような心地よさを覚えるものと、男の射精のように大きく爆発して終わり、一回で倦怠感を催すものがある。

大きな爆発では、収まるまでに小さな収縮が何回か続くこともあるが、あくまでも一回の絶頂でしかない。この絶頂の後は、女の全身は神経が剝き出しになったような状態で、些細な刺激にも耐えられなくなる。

それがわかった上で、辻村は故意にかんなを責めていた。かんなの悶え狂うようすを見たくてならない。

『うんといやらしことして……』

『燃え尽きたいわ。燃える窯の中に放り込んでほしいわ……』

『メチャメチャにしてほしいわ……』

『獣のように抱いて……』

この屋敷に来たときから、かんなは辻村を煽るような多くのことを口走った。

今が、かんなの願いを聞き入れるいい機会だ。どんなにもがいても、できるだけ長く責め立てたい。嗜虐的なオスの欲求に満たされている。

「あう！　かんにん！　ヒッ！　んんんっ！」

かんなは声を上げながら、ずり上がっていく。それだけ辻村も動いた。いくらかんなが動いても、下腹部は密着したままだ。

「感じすぎるのか。何度でもいけ。火のついた窯の中に放り込まれたら逃げられないんだ。燃え尽きるまで窯の中だ」

「あうっ！　かんにん！」

かんなの頭が、ついに布団からはみ出した。

帯を締めたまま乱れきった浴衣を布きれのように腰だけにまとわりつかせ、乳房を露わに波打たせているかんなの肌が、汗でねっとりと光っている。

苦痛の伴った悦楽の表情を見せながら、それでも次々と気をやっている蠱惑的な女体を見やりながら、辻村はいっそう凶暴なオスになっていく気がした。長い間眠っていた獣の記憶が呼び覚まされ、本性を現しはじめたような気もした。

『あの朱い釉薬の器を作り始めてから、躰の底から淫らで妖しい火が燃え上がってくるようになって……この躰を炎のように燃やしつくさんことには耐えられへんようになったんです……』

そう言ったのはかんなだ。

辻村の血が滾るのは、かんなが言葉と躰で煽っているせいかもしれない。

激しく花壺を穿った。

亀頭が肉壺の奥に突き当たった。

「ヒッ！」

かんなの口から押し出される喘ぎとはほど遠い声が辻村をゾクゾクさせ、ますます獣欲を駆り立てた。

渾身の力で肉の壺を突き上げた。

「んんっ！　かんにん！」

かんにんと言いながら、やはりかんなは煽っている。

辻村は、突いて突いて突きまくりたい衝動に駆られていた。だが、このまま激しく腰を動かし続ければ、もうじき果てる。いつもなら、とうに果てていてもおかしくないのに、今夜は自分でも驚くほど持続している。

かんなの乱れきった浴衣がいい。興奮剤だ。けれど、乱れた姿がいいと思う一方で、邪魔な帯を解いてみたい気もした。

背中を向けさせなければ帯は解けない。帯を解こうと、いったん結合を解いた。

「あ……」

逃げようとする仕草を見せていたのに、躰が離れた瞬間、かんなは気抜けしたような声を洩らした。

すぐにひっくり返して帯を解こうと思っていたものの、激しく抽送を続けただけに、変化した大きめの花びらも見たくなった。

大胆に太腿を押し上げ、Mの字にした。淫猥に充血した女の器官が、肉のマンジュウの中で涎《よだれ》を流したようにぬめ光っている。

元々大きめの花びらが、激しく続いた抜き差しで芋虫のようにぷっくりとふくらみ、うっすら開いたままの肉の祠の入口の向こうは、淫らな鮮紅色に染まっている。いかにも欲情した性器といった猥褻な景色だ。

鼻を近づけると濃い交わりの匂いがした。脳味噌が煮え滾るような、オスをクラクラさせる刺激臭だ。

荒い息を鼻からこぼした辻村は、屹立の入り込んでいた女壺に、右の人差し指と中指を押し込んだ。

「くっ」

唇の狭間から白い歯が覗いた。

「こんな指じゃもの足りないだろう？　おう、熱い……窯の中のように滾ってる」

指を出し入れすると、溢れる蜜液で、すぐにグチュグチュと破廉恥な音がした。二本の指の抽送と同時に、親指で肉のマメをいじった。

「ああっ……熱い」

かんなの足指が、せわしげに擦れ合った。

辻村の口戯でエクスタシーを迎え、次に結合したまま自分の指で絶頂を迎えたかんなは、今、充血した花びらのあわいに二本の指を入れられ、汗まみれになって悶えている。

かんなは一匹のメス獣だ。そして、辻村も盛りのついたオス獣でしかない。肉の塊になり、延々と互いを貪り合うだけだ。

「ああっ……どないなってもいい……メチャメチャにして……いやらしうちのオソソ、メチャメチャにして」

「こうされるのが好きか。こんなふうに」

女壺に沈めた二本の指を、辻村はグヌグヌと動かした。

「んんっ！　いいっ！　あは……くううう っ」

かんなの派手な喘ぎに肉欲を掻き立てられる。

「そんなにいいか」

「いいっ！　くううっ」

一時期の絶頂の余韻が収まったのか、女壺を責めても、悲鳴を上げて逃げようとする素振りは見せない。むしろ、もっと激しくしてとねだっている。

変幻するかんなの躰に翻弄されているのだろうか。けれど、辻村は獣になれることに快感を覚えていた。男の躰の中には、女を愛しいと思い、守ってやらなければならないというやさしい気持ちといっしょに、オスとして君臨し、自由を奪い、蹂躙したいという冷酷な血も流れている。

「指でいいのか。何にでも食いついてきそうなオ××コだ」

辻村は荒々しい息をこぼした。

会ったときからかんなの濡れたような唇が気になっていただけに、淡泊ではないという気がしていた。けれど、この乱れようは意外だ。半端ではない。

ひそやかに喘ぐ女もいいが、ときにはかんなのように燃え盛る炎のような女もいい。

『すいば』の初音との秘密の逢瀬が今夜もかないそうになく、激しい欲情を感じてかんなの家まで押しかけることになっただけに、異様なほどに求められると、辻村もいっそう激情に駆られていく。

「メチャメチャにして！　うちを壊して！」

「壊していいのか？」

「うちのオソソ、全部壊して！」

「オソソが壊れたらできなくなるぞ」

辻村は二本の指の出し入れと肉のマメをいじる動きを速めた。

蜜が溢れるほど汲《く》み出され、チュクチュクという破廉恥な音が広がった。

辻村はますます昂ぶった。

かんなの秘壺が壊れる前に、自分の指が食虫花のような女壺に咀嚼《そしゃく》され溶かされて、気づかぬうちになくなってしまうのではないか……。

熱い蜜壺にどっぷりと指を沈めて膣ヒダをいじりまわしている辻村は、現実離れしたことを、ふっと脳裏に浮かべた。

「ああぁっ！　熱い、熱い！」

花壺への二本の指の出し入れをしながら肉のマメを親指で責め立てると、かんなの声は周囲を憚らない大きな声になっていった。

広い一軒家で敷地も広い。それでも、辻村は夜のしじまが気になった。猿轡《さるぐつわ》でも嵌《は》めたいところだが、近くには口に押し込むものもない。

気をやる寸前とわかっていたが、わざと指を抜いた。すでに指がふやけそうだ。鼻先に持っていくと、卑猥なメスの匂いが肺に入り込み、肉茎がクイクイと躍った。

辻村の破廉恥な行為を見つめたかんなは、恥ずかしがるどころか、いっそうそそられたようで、

「後ろからして……後ろからされると感じすぎて、うち、どないなことでも許してしまいそうやわ」

自分からうつぶせになった。

辻村がいったん指を抜いたのは、かんなをうつぶせにして猿轡代わりに枕を嚙ませるためだった。だが、かんなは自分で躰を回転させた。そうなると、枕を嚙ませるのはどうでもよくなった。うつぶせているかんなの太腿の間に躰を入れ、腰をグイッと掬い上げた。そして、膝をさらに大きく割った。

腰だけに布きれのようになった浴衣をまとわりつかせ、下半身も背中も丸出しになっているかんなは、頭をシーツにつけ、尻だけ掲げた格好になった。

漆黒の翳りに囲まれた真後ろから見る女の器官は、蜜をしたたらせながらてらてらと光っている。後ろのすぼまりまで淫猥にひくつき、なにやらもの欲しそうに見える。

がっしりと腰をつかんだ辻村は太腿のあわいに顔を埋め、女の器官からすぼまりに向かってねっとりと舐め上げた。

「ぐ……」

躰を硬直させたかんなの顔がシーツに埋まり、くぐもった声が洩れた。

呆れるほどのぬめりを舌で掬った辻村は、今度は、まだ触れていなかった後ろのすぼまりを舌先でつついた。

「くっ！」

かんなの尻がヒクッと跳ねた。

その反応が小気味よく、排泄器官にしておくのは惜しいサーモンピンクのきれいな色をしたすぼまりを、辻村は丁寧に舐めまわした。

「んく……くっ」

舐めるたびに尻が硬直する。

ツルツルした菊皺を外側から中心に向かって、舌でこねるようにして責めていった。そして、キュッとすぼまったアヌスに舌先をこじ入れるようにすると、つぼみは進入を拒んで固く閉じた。

「あう……いやらし……こないな格好にされて……そないなことされると……んんっ……うち……苛《いじ》められたくなってくるわ……どないにでもして……先生、苛めて」

かんなは自分で、さらに高く尻を掲げた。

苛めてと言ったかんなの言葉に辻村の息が弾んだ。ＳＭ的な嗜好はないが、今夜はかんなに煽られ、獣が乗り移っている。

初音への欲求不満で欲望がふくらみ、かんなに電話したいきさつはあっても、今は燃え盛る炎のような紅い蛇の虜だ。

すぼまりから顔を離した辻村は、熟れた尻肉をひっぱたいた。バシッと心地よい肉音がした。

「あうっ！」

悲鳴を放ったかんながつんのめりそうになった。そのとき、蜜液が内腿を伝っているのに気づいた。

腰を引き戻し、バシバシと続けて叩きのめした。

「ひっ！　あう！」

かんなが尻を落とした。

紅く染まった尻肉の手形を見ると、辻村の血はますます妖しく騒いだ。

かんなの半身を起こし、邪魔な博多織の半幅帯を解いた。その下に桜色の腰紐がまわっていた。腰紐を解き、腰に溜まっていた布きれ同然の浴衣を剝いだ。

ようやく総身が現れた。

裸体より、何か下着を残しておいた方が抱くときに猥褻な気がする。着物のときも同じだ。

湯文字でもいいし、足袋だけでもいい。けれど、かんなは浴衣を着ていたので足袋も履いていない。浴衣を脱がせてしまえば素裸だ。しかし、今まで腰のあたりが隠れていたので、初めて見る一糸まとわぬ総身は新鮮だ。

「尻を叩かれて興奮したか」

「熱いわ、先生……もっと苛めて。うち、先生に殺されてもかまへんほどおかしなってるわ……」

かんなは物騒なことを口にした。唇だけでなく、瞳も濡れている。

汗でねっとりと光る裸体を眺め、荒い息をこぼした辻村は、かんなの躰を後ろ向きにして桃色の腰紐を取ると、両腕を背中にまわし、手首にぐるぐると巻きつけた。

両手の自由を失うことを、かんなは拒絶しなかった。肩先が喘いでいる。かんなも相当、昂ぶっている。

手首をいましめた腰紐を結んだ辻村は、かんなを正面に向けた。

「先生……うち、もう溶けそうやわ……いやらし道具も使われへんのに、こないになるやなんて」

「いやらしい道具？　そんなものを使う男がいるのか」

かんなは、つい口が滑ったというように、ハッとして口を閉じた。

「自分でも使ってるんだろう？　旦那さんがいないんじゃ、使ってるはずだ。どうなんだ」

辻村は乳首を抓った。

「あう！」

「使ってるのか？　今度はオマメを抓るぞ」

顔を歪めたかんなが頷いた。

玩具を使っているというかんなに、辻村は新たな昂ぶりを覚えた。

「何を使ってる？　どこにあるんだ？」

「うちの部屋……」

小さな声で言ったかんながうつむいた。

「よし、取りに行こう。案内するんだ」

かんなを立ち上がらせ、腕をつかんで案内させた。

廊下の奥の部屋の前で、かんなが立ち止まった。

「ここか？」

かんなが頷いた。

「開けるぞ」

こんなときでも、女の部屋を黙って開けるのは憚られた。

襖を開けると、八畳の和室はきれいに片づいている。和室に見合った鏡台や文机が置かれ、違い棚にはかんなが作ったと思われる朱い皿や抹茶碗が飾られている。

「どこに仕舞ってあるか教えてもらおうか」

かんなの喉がコクッと鳴った。

「その中……」

両手が背中にまわっているかんなは、違い棚の下の開きに視線をやった。

「勝手に開けるぞ」

開きの中もきれいに片づいていた。裁縫箱のようなものや紙箱などがいくつかあり、どれがいかがわしい玩具かわからない。

「どれだ？」

「一番下の……黒い箱」

どんなものが出てくるか興奮した。

「うち、先生のが好き……そないなもん、使わんといて」

箱を開ける前にかんなが言った。

箱から、シリコン製のピンク色のペニスが出てきた。特別大きくもないが、雄々しく屹立しているい立派なものだ。肉のマメをいたぶる枝はついていないシンプルなもので、震動だけのようだ。

「こんなもので遊んでるのか。いやらしくなるはずだ」

自分の手で女壺に入れて動かしているかんなを想像すると、やけに昂ぶった。

「ひとりで寝てると、我慢できひんときがあるの……」

「玩具はもっとあるだろう？」

「それだけ……」

「本当にこれだけか？」

かんなが頷いた。

その場で押し倒したい衝動に駆られたが、完全に和室の体裁でベッドもない。押し入れを開ければ布団があるかもしれないが、辻村は男形を持ってかんなの腕をつかみ、元の部屋に戻った。

「これを私のものと思って舐めるんだ」

鼻先に玩具を突き出しながら命じると、心が騒いだ。

「いや……ほんまもんの先生のがいい」

かんなは玩具を無視して辻村の太腿の間に頭を埋め、あっという間に屹立を咥え込んだ。

すでに口戯を施されているだけに、かんなのねっとりした愛撫はわかっている。それでも、こうして後ろ手にいましめられたかんなの口で愛《め》でられていると、アブノーマルなことをしているようで、感覚が研ぎ澄まされる。

手首にまわった紐を解いてとも言わず、自室に案内し、ここに戻ってからも積極的に奉仕を始めただけに、自由を奪われた状態に満足しているとしか思えない。

離婚して夫がおらず、月に一、二度は躰が火照って我慢できなくなるというかんなは、どんな男と躰を合わせているのだろう。ＳＭめいた行為が初めてとは思えず、悦戯に恍惚としながらも、辻村は火のようになったかんなと躰を合わせる男のことを脳裏に過ぎらせた。

かんなは頭を前後させ、止まっては、ねっとりと側面や亀頭、鈴口や肉笠を舐めまわし、根元まで屹立を沈めた後は、頭をくねらせるようにしながら吸い上げていく。今度はせわしなく前後させて先のほうだけ愛撫したかと思うと、また深く咥え込んでいく。

このままかんなの口に白濁液をこぼしてしまいたい誘惑に駆られた。いましめられた姿を見ていると、君臨している男に奉仕しているとしか思えない。強引に口戯をさせているようなものだ。

けれど、辻村はまだ口で果てることには積極的になれなかった。いかがわしい玩具を舐めさせようとしたのを無視し、かんなは肉茎を咥え込んだ。いくら奴隷の姿で奉仕していても、かんなの意志が勝っている。オスとしての見栄が残っている限り、女壺で果てたかった。

「もういい。せっかく持ってきたんだ。これを使わないとな」

かんなの肩を押し、半身を起こした。

剛棒を咥えていた唇が淫らにぬめっている。

「それより先生のが好き……」

すぐに挿入して今度こそ果てたいが、滅多に使わない道具だけに、辻村は玩具を使ってみたかった。

かんなを左手で抱きかかえるようにして、間近で顔を見られるようにした。だが、膝を軽く曲げ、しなだれるような格好のかんなの艶めかしさと、潤んだような視線が眩《まぶ》しく、惑わされそうで直視していることができない。

「舐めるんだ」

男形を唇の狭間に押し込み、動かした。

かんなの胸が波打つのに合わせ、鼻から荒い息が洩れている。今まで屹立を含んでいた唇と思うと、股間がむずついた。

唾液にまぶされた玩具を引き抜いた辻村は、触れるまでもなく濡れているとわかる肉のマンジュウのあわいに玩具を当て、上下に滑らせた。そして、花びらを玩具の先で分け、秘口にねじ込んでいった。

肉茎の形をした破廉恥なピンク色の玩具が、かんなの膣のヒダをいっぱいに押し広げながら、ゆっくりと花壺に沈んでいった。

「んんん……」

かんなの悩ましい顔が目の前にあった。

「本物でなくても気持ちよさそうじゃないか」

黙って表情を観察しているだけでは淫靡な空気に幾重にも取り巻かれ、おかしくなりそうだ。辻村は妖しい空気を追い払うように、故意に笑みを浮かべた。

「はああっ……いい……気持ちいい……けど、先生のが好き」

かんなが喘ぎながら言った。

両手をいましめていなければ、かんな自身の手に玩具を持たせ、破廉恥な自慰を見てみたい。だが、まだ解いてやる気はない。

「本物より太いのを咥えてしまったな。これで気をやったら本物を食べさせてやるぞ」

玩具を使えば、自分の腰を動かすより繊細に動かせる。出し入れだけでなく、大胆にねじったり、入口付近だけを執拗に愛撫したりした。

「あは……もっと……奥まで」

入口だけを玩具の先のほうで擦っていると、かんながねだった。

「ずっとここだけだ」

　焦れるかんなに意地悪く言った。

「もっと……ね……ねェ」

　かんなは辻村が願いを聞き入れないと知ると腰をくねらせ、玩具に近づこうとした。辻村は近づいてきただけ玩具を引いた。

「いけず……解いて……もう解いて」

　焦らし続ける辻村に、かんなは最初は肩先をくねらせ、そのうちイヤイヤというように、総身を大きくくねらせた。

「気持ちいいんじゃないのか？」

「奥まで入れて。うんと突いて。焦らさんといて」

　泣きそうな顔だ。

「奥まで入れてか。どこの奥だ？　口か？」

　ますます辻村は意地悪く訊いた。

「オソソの奥まで……うちのオソソの奥の奥まで」

　かんなは言葉で辻村を煽った。

「オソソの奥の奥までか。入れてやるから跪くんだ」

躰を支えていた腕を離すと、いましめの格好のまま、かんなはすぐに跪いた。

「もっと膝を離さないと入れられないぞ」

肩幅ほどに膝を開いたかんなの腰を片手で支え、下から女壺の底に向かって玩具を押し込んでいき、天井に突き当たるまで挿入した。

「んん……」

かんなの半開きの唇から熱い息が洩れた。

「どうだ」

「ああう……もっと」

「何ていやらしい女だ」

かんなに対してだけでなく、自分の言葉や行為にも興奮しながら、辻村は破廉恥な動きを続けた。

跪いたまま肉のマンジュウのあわいに玩具を押し込まれて玩ばれるかんなの太腿が、小刻みに震えるようになった。

気をやる前兆ではなく、腰を支えられているとはいえ、後ろ手にいましめられたまま跪き、不安定だからだ。

「頭を布団につけてお尻だけ上げてごらん」

玩具をスムーズに、そしてもっと破廉恥に動かすために命じた。

本当は、破廉恥に尻を上げろ！　とでも口にしたかった。だが、品性を疑われてはと、すんでのところで言葉を変えた。

弁護士がなんだ、今は、ただの発情したオスじゃないかと思うものの、ときどき、ふっと我に返って格好をつけてしまう。しかし、実際にやっていることを考えると滑稽でしかない。

かんなは両手の自由がなく、上半身を倒したものの不安定だ。これでは激しい抜き差しができない。

ひととき迷い、いましめを解いた。

「ワンちゃんになるんだ」

豊臀を一発、ピシャリと打ち叩いた。

「あう！」

よろけたかんなが、そのまま犬の格好になった。

蜜まみれの卑猥な玩具を後ろから押し込み、激しく出し入れした。

「あうっ！　くっ！　あっ！」

上半身を支えている手足が揺れた。

玩具を動かしていると、チュクチュクと可愛い音から、ジブジブと淫猥な蜜音がするようになった。溢れた愛液が玩具に汲み出され、肉の器から溢れ、玩具の側面をしたたって内腿にも伝っていく。

淫らすぎる光景と破廉恥な抽送音に、辻村は爆ぜそうになった。

玩具を抜き、鈴口から透明液をしたたらせている亀頭を充血した花びらのあわいに押し当て、真後ろから柔肉のあわいに突き刺した。

「んんんんっ……」

かんなの両腕がブルブルと震えた。

「おお……沸騰しそうなオ××コだ」

相変わらず祠の中は熱い。マグマが流れているようだ。

かんなを焦らしただけ、辻村も必死に堪えていた。それだけに、肉のヒダに包まれる感覚がたまらない。しかし、もうじっくりと味わっている余裕はなかった。

腰をつかんでグイと打ち付け、短い時間でラストスパートに入った。

「奥の奥まで入れてやる。どうだ！」

「あうっ！　くっ！　んんっ！」

激しい抜き差しに、かんなの躰がつんのめりそうになった。それでもかんなは必死に両手で支えながら、突かれるたびに大きな声を押し出した。

辻村の額や顎から、汗がしたたり落ちた。

「いくぞ！」

熱い塊が躰の末端へと突き抜けていった。

辻村の射精と同時に、かんなも硬直して果て、躰を支えていた両腕を折った。

いつになく猥褻な行為を長々と続けてきただけに、合体の時間はさほどではなかったものの、激しい疲労を感じた。

結合を解いたあと、交わりの部分をティッシュで拭くと、ふたりとも汗ばんだまま布団に横になった。

「まだあそこが熱いわ……いい気持ちやわ……先生は……？」

かんなが気怠そうな口調で訊いた。

「ああ、よかった。よすぎたぐらいだ。いやらしい魔物が乗り移ってたみたいな気がしてきた……さすがに疲れたな」

このまま眠りに落ちてしまいそうだ。

「いやらし魔物どすか……うちのこと指してはるんでしょ？」

かんなは、そっと辻村の様子を窺った。

「そうかもしれないな」

辻村は話もしたくないほどの倦怠感を感じていた。ともかく眠りたかった。

「仏陀さんの霊の力を妬《ねた》んだ悪魔が、あるとき仏陀さんに怪我をさせて、その傷から流れた血ぃが土に染み込んで、そこから芽ぇが出て咲いた花がカンナだったと言われてるんどす。ご存じどした？　今夜のうちも、そないな血ぃの色のように紅く染まってる気ぃします。そやから先生には、うちが魔物に見えるのかもしれまへん。けど、仏陀さんの血ぃから生まれた花なら神聖なはずどすけど……」

仏陀の血から生まれたカンナの花の話は初耳だ。意外だった。

「セックスは神聖な行為だ……」

「どんなにいやらしことしても……？」

「ああ……」

疲れすぎて気力がなく、ようやくかんなの問いに答えていたが、それきり辻村は眠りの底に引き込まれていった。


目が覚めたとき、障子越しの明るい光にハッとした。

慌てて半身を起こした。

「おはようさん。目ぇ、覚めました？　よう寝てはったから、起こすのも気の毒で」

かんなも半身を起こしながら言った。

「何時だ……」

「六時どす。ホテルなら朝帰りでもかましまへんやろ？　起こしたほうがよろしおしたやろか」

「帰るには疲れすぎてたからな……」

そう言って笑みを浮かべたものの、昨夜のややアブノーマルで激しい情交を思い出し、参ったなと辻村は思った。

「ずっと目が覚めてたのか……？」

「まさか。先生が眠りはってしばらくして、うちも眠ってしまいました。あないな激しことしましたさかい」

かんなが妖しい目を向けた。

いつになくアブノーマルなことをしてしまったのが、辻村は恥ずかしかった。さりげなくかんなの視線から逃れた。

かんなの手首をいましめていた腰紐が布団の横に落ちている。その傍らのティッシュの上に、大人の玩具もあった。

手首をいましめただけでなく、玩具で女園を貫いたことも思い出した。そのときは発情した獣でしかなかったのに、今は目をやるだけで冷や汗が出る。それでも、辻村はピンク色の剛棒を目にして、何かがおかしいのに気づいた。

小水を洩らしたように蜜を溢れさせていたかんなの女壺に挿入しただけに、玩具を抜いたとき、濡れたように多量の蜜にまぶされていた。べっとりとついた蜜の痕跡があるはずなのに、やけにきれいだ。それに、ティッシュに載せた覚えもない。

辻村は迷ったが、気になるので玩具を取った。蜜の痕跡がない。

「洗ってきたのか……とうに起きてたのか」

辻村が熟睡しているとき、かんながこの部屋から離れたとしか思えなかった。

「へえ、きれいにしておきました。先生が起きはったら、もう一度してほしい思うて」

かんなの手が布団に隠れている辻村の股間に伸び、萎《しお》れている肉茎を握った。

「もう無理だ……」

十分睡眠は取ったが、昨夜のような激しい行為をする自信はない。

「ほんまに無理どすか？　えらい元気なぼんやったのに」

かんなは誘惑的な目を向けた。そして、布団を剝ぎ、辻村の股間に顔を埋めた。

あっというまに肉茎はかんなの口に含まれていた。

「やめろ……あれからシャワーも浴びてないんだぞ」

激しい抜き差しもした。ティッシュで清めただけだったので気になる。辻村はずり上がり、かんなを離した。

「あれから暖かいタオルで拭いたの、覚えてまへんか？　うち、ちゃんと拭いてあげました。先生、寝てはったけど、気持ちよさそうやったわ」

「嘘だろう……？」

「ほんまにきれいにしてあげました。そのとき、それも洗ってきたんどす」

萎えた後とはいえ、一物を清められているのにも気づかなかったとは、想像以上に疲労していたらしい。

「もう一度、先生のが欲しい……」

かんなは、また肉茎を口に入れ、舌でピチャピチャと亀頭を舐めまわした。そうしながら、玉袋を左の掌に入れて玩んだ。

「やめろ……うっ……」

もう無理だと思っていたのに、確実に萎えた肉茎が勢いを増してきた。

「ほら、やっぱり元気なぼんやわ。先生のぼんはおいしいわ。毎日でも食べたいわ」

かんなは辻村を見上げてぬらぬらと光る唇をゆるめると、また上体を倒して剛直を舐めまわし、吸い上げ、しごきたてた。

男とちがい、女は何度気をやっても、しばらくすると元気になる。歳を重ねるほど男の精力は弱くなるのに、女は熟していくほど貪欲になる。淡泊な女もいるが、かんなのような色を好む女は、限りがない。

辻村も女が好きだ。だから、多くの女と接してきた。だが、静かな営みの後ならまだしも、激しい営みを終えて迎えた朝は、さすがに、もう一度という気力はない。

それなのに、かんなの口に含まれた肉茎は、完全に勃起している。

「勃っても後が続かないぞ……」

そう言ったものの、やわやわとした唇でしごかれ、舌で舐めまわされるとゾクゾクする。

「ぼんがすっかり元気になってくれはったわ」

かんなは嬉しそうな顔を辻村に向けた。

「肝心のものが元気になっても、若い男とちがって、昨夜のような激しいことはできないぞ」

本音を吐いた。

「ほんならこれ使《つこ》うて」

辻村が手にしたピンク色のバイブが、今はシーツの上に転がっている。それを取ったかんなは、辻村に手渡した。そして、辻村に背を向けて跨ぎ、そのまま上体を倒して犬の格好になった。

熟した尻肉が辻村の目の前にあり、漆黒の翳りに囲まれた女の器官と後ろの排泄器官をさらけ出している。

さすがに辻村は啞然とした。

「うんといやらしのがええわ。先生に後ろからオソソを見られてると思うだけで熱くなってくるわ。先生、して」

さらにクイッと尻を高くされ、辻村の息が荒くなった。

ここまでされて興奮しない男がいるだろうか。寝起きのぼっとしていた頭も覚醒し、猥褻な気持ちがふくらんできた。

バイブの先を翳りに囲まれた肉のマンジュウの縦のワレメに当て、行ったり来たりさせた。

「先生、うんと……うんといやらしことして」

肩越しに振り返ったかんなは、触手を伸ばして獲物を捕らえようとしている。辻村は誘惑され、動き始めた。

肉マンジュウのあわいに浅く押し入っただけで、すぐに玩具はなめらかに滑った。長い前戯を施したように蜜が溢れている。

肉のほころびの表面を、ただ上下に行ったり来たりした。バイブ越しに粘膜の感触が伝わってくる。ぬらぬらした女の器官に亀頭が触れているようだ。

自分のものを挿入したいが、できるだけ玩具で玩んだ後でなければ、短い営みではかんなは満足しないだろう。

「先生、入れて……」

催促するようにかんなが尻をくねらせた。

かんなの言葉を無視し、わざと表面だけなぞって焦らした。花びらの尾根や肉のマメを包んでいるサヤが納豆のようにぬめついた。

「ね、先生……焦らさんといて。入れて」

かんながまた肩越しに辻村を見つめた。女園のように視線もぬめついている。

「後ろに入れるか」

くすんだ撫子色の、ひくつくアヌスにもそそられ、亀頭で後ろのすぼまりの中心をつついた。

「あ……いや。早くオソソに入れて。先生、オソソが疼いてるわ……うちのオソソがおっきいの欲しい言うてるわ。先生、早く」

猥褻な三文字を何度も口にされると、不思議と昂ぶってくる。

アヌスに玩具を入れるつもりのなかった辻村は、すぐに下方にずらし、十分に潤っている女壺に玩具を押し込んでいった。

「はあああっ……いいっ」

早くも夢うつつを彷徨《さまよ》い始めたような、ゾクリとするかんなの喘ぎだ。

膣は子供を産むための器官の一部で、赤ん坊さえくぐり抜けてくるとわかっていても、指や異物や肉茎を押し込むと、神聖な器官というより淫らな道具に思え、もやもやしてくる。

奥の奥まで押し込み、引いた。引くとき、玩具が出ていくのを拒むように、密閉した秘壺が抵抗し、逆に吸い込まれていくような感じがした。

すぐさま自分のものを押し込みたい誘惑には駆られるが、やはり、かんなが満足するほどの激しい抽送を長く続ける自信はない。射精までが長引くとすれば、そのまま不発の可能性もある。昨夜の疲れが残っているのがわかるだけに、誘惑は強いが体力を考え、我慢した。

「いいわあ……いい……先生、気持ちいい」

玩具を出し入れする感触だけでなく、かんなの喘ぎがますます剛棒をひくつかせた。

入口付近を擦っては奥まで入れる三浅一深の動きを開始した。

「あは……先生、奥まで……奥まで入れて」

かんながすぐに焦れてきた。

辻村は大きく玩具を動かした。

「いいっ……先生、いい……はあああっ」

かんなは貪欲な食虫花だ。激しい行為を望んでいる。

これでもかと、深い動きを開始した。

ヌチャヌチャ、グチュッ、チュブッ……。

豊富な潤みに、すぐさま破廉恥な蜜音がするようになった。この音を恥ずかしがる女が多いというのに、かんなの喘ぎは大きくなるばかりだ。

「熱い……先生、熱い……熱いわ」

いっそう尻を高く掲げるかんなの背中は、ねっとりと汗ばんでいる。

「降参か」

「もっと。うちを壊して。メチャメチャにして。いいっ。先生、いいっ！　ああっ！」

喜悦の声を上げるかんなに、辻村は敵《かな》わないぞと困惑した。玩具を動かす手が疲れてきた。玩具を使えば、いくらでもかんなに対抗できると思っていたが、かんなは責めれば責めるほど、求めてくる。

底なしの性欲を表すように、異物を咥え込んでいる粘膜がますます紅くぬらつき、玩具が動くたびにチュブッ、グチュグチュ……と、さっきより淫らな抽送音が広がった。

玩具を動かすのは単純作業だが疲れる。

「自分で持ってするんだ」

　手も疲れてきたが、かんながいつもどんなふうにこの玩具で遊んでいるか見物したくなった。

「いや……先生がして……先生にいやらしことされたい」

　かんなが自分で玩具を動かす気がないのを知ると、辻村は最初のように、花壺の入口の浅いところだけでしかバイブを動かさなかった。

「奥まで……もっと奥まで、先生」

　かんなの言葉を無視して、辻村は浅いところだけを擦った。

　ついに我慢できなくなったのか、犬の格好をしているかんなが右手を内腿のあわいに伸ばし、辻村から玩具を奪い取って深く沈めた。

「んんんっ……」

　左手と両膝で躰を支え、辻村に豊臀を向けた今までと同じ格好で右手を動かすかんなは、これまで見たどんな女より卑猥だ。焦らされた分を取り戻すように、玩具を動かす手の動きが速い。それだけ、蜜を汲み出す抽送音も派手だ。

「くううっ……先生……見てはるん？　いやらし人……あう……こないなことさせて……ああっ、感じる……ひとりでするより、先生に見られるほうが……ああっ……うんと感じる

「……熱い……先生、熱いわ」

目の前のメスの器官がどんどん紅く染まっていく光景と、色濃くなるほど強く漂い出し、これでもかこれでもかというほど鼻孔を刺激してくる淫らな誘惑臭に、昨夜のように辻村の全身の血は煮え滾ってきた。

ジュブジュブと音をさせながら玩具を出し入れするかんなから玩具を抜き取ると、後ろから屹立を突き立てた。

「はあああっ……先生……いいっ！」

かんなの背が反り返った。

「いやらしい女だ。こんないやらしい女は初めてだ。これがそんなに好きか！」

内臓を突き破るほどの勢いで、ズンズンと何回も突いた。

「好きっ！　あうっ！　くっ！」

また二匹の淫らな野獣となって交わりが始まった。

激しい抜き差しを続けて疲れた辻村は、動きを止めて大きな息を吐いた。

「先生の上でしたい。このまま離れんといて。うち、先生の上に乗りたい」

騎乗位を想像した辻村は、後背位で合体したまま体位を変えるにはどうしたらいいかと、一瞬、考えた。

「先生、うちから離れんといて」

かんなは躰を支えていた両手と膝を折り、うつぶせになった。辻村は結合が離れないように、屹立を深く沈めたまま動いた。

かんなの背中に胸がぴたりとくっついた。

「このまま いっしょにくるんとまわったら、うちが上になれるわ」

かんなはそんな体位の変化に慣れているのか、言われるままにいっしょに動くと、仰向けの辻村の胸の上で、かんなも仰向けになっていた。けれど、これでは動きにくい。そう思っていると、かんなが両手を辻村の両脇につき、仰向けのまま腰をグラインドさせ始めた。

「離れんといて先生。ああ……気持ちいい」

かんなが自分で動いてくれるなら楽だ。エネルギーが満ちてくるまで、辻村はひととき休息するつもりになった。

左右に腰を小刻みに振ったり、ゆっくり浮き沈みさせたり、擦りつけるようにしてみたり、しばらくかんなだけが動いていた。主導権はかんなが握っている。

「先生、指でうちのオマメをいらって。うち、手ぇが使えへんから」

言われて初めて、手を伸ばせば女の器官をいじることができるのに気づいた。

上向きになっているかんなの肉マンジュウに触れると、結合部分が呆れるほどぬるぬるしている。包皮越しに、つるつるする肉のマメをいじった。

「いいわ……ああっ……いいっ……中も外も気持ちいいわ、先生……」

膣ヒダが忙しく蠢き始め、秘口はいっそう強く辻村の屹立の根元を締めつけた。

「いいっ……先生、これ、気持ちいいっ」

かんなは喘ぎながらグラインドの速度を増した。

「おおっ……効く……凄すぎる……」

早々に精を搾り取られそうで、肉のマメをいじる指を止めた。

「して……先生、して……うち、このままいきたい。先生のいやらし指でいらわれるのが好き……して」

催促するように、かんなは押しつけた腰をグネグネと動かした。

「指は休憩だ」

「いけず」

かんなは、ひとつになったまま上半身を起こし、辻村の剛棒を支柱に用心深く半回転し、普通の騎乗位になった。慣れたものだ。

「いけずな先生は、うちが犯してやるわ」

動きやすくなったかんなは、大胆に腰を浮き沈みさせては揺すり上げた。

秘口や膣ヒダまで今まで以上に強烈に動き始めたようで、辻村はじっとしているにも拘わらず、自分が動いていた以上に法悦が早まるのを感じた。

かんなが口にしたように犯されているようだ。しかし、心地よいレイプだ。みるみるうちに絶頂の炎が駆け上ってきた。

「おおっ、いくぞ！」

「うちももうすぐ……ああ、いい！　来る！　来るわ！　熱いのが来るわ……んんっ！」

かんなが激しく打ち震えた。

辻村も硬直し、白濁液を噴きこぼした。

かんなは崩れ落ちるように、辻村の胸にべったりと自分の胸をつけた。ドクドクと音を立てるふたりの鼓動も重なった。

絶頂のあとの乱れた息遣いも収まってきたころ、ようやくかんなが顔を上げ、辻村の唇に軽く口づけた。

「大きな台風が過ぎた後みたいやわ……あの雨と風は何やったんやろと、嘘みたいに静かになった外の景色を見たときというか」

「ああ、台風のようだったな……」

辻村も同感だった。

「うちの中でメラメラ燃えてた火ぃが、やっと下火になったみたいやわ。なんでうち……昨日から、あないに淫乱になったたんやろ」

かんなは夢から覚めたような口振りだ。

「こんなに激しくしたのは何年ぶりかな……クタクタだぞ」

気をやった後の虚脱感に包まれている。辻村は、しばらくセックスはしなくていいとさえ思った。

「先生、うち、満足すると、一カ月ぐらい普通になるんどす。そして、また急に欲しくて欲しくてたまらんようになって、何かに取り憑かれたように乱れてしもうて。そんなとき、ひとりなら、いやらし玩具、使うてしまうのに、憑き物が落ちた後は、いやらしもん見るだけで自己嫌悪に陥るんどす」

「またきれいに洗ってきて、使ってくれと言うんじゃないのか」

かんながこれ以上求めてこないようだと知ると、辻村は冗談めかして訊くことができた。

「今はいじりたくもないわ。うち、先生に嫌われたんやろか……」

「嫌いな女とできるはずないじゃないか」

「嬉しい。ゆっくり寝てはるといいわ。チェックアウトが明日なら、急いで帰ることあらしまへんやろ?」

そこで辻村は、初音のことを思い出して慌てた。

「人に会う約束があったのを、すっかり忘れていた」

「女の人どすか……？」

「だったらいいが、今、長年の友人に弁護を頼まれて、裁判のたびに来てるんだが、その友人の知り合いにも仕事を頼まれそうなんだ。話を聞くだけ聞いてみることにしていたんだ。友人の顔を潰《つぶ》すわけにはいかない」

嘘がスラスラと出てきた。

一夜をともにしたかんなを、できるだけ傷つけないためだ。かんなとの狂気のような交わりもよかった。かんなはちょうどいいときに、辻村の欲求不満を解消してくれたのだ。

「今度、先生といつ会えますやろ。これきりじゃ、心残りやわ」

裸のかんなが、辻村の胸に顔を埋めた。


かんなの家でシャワーを浴びたものの、ホテルに戻った辻村はバスタブにたっぷりと湯を溜め、ゆっくりと浸かった。

あれは何だったんだ……。

怒濤《どとう》渦巻く波に呑み込まれ、ようやくそこから抜け出してきたような気がする。

かんなは不思議な女だった。色情狂という言葉がぴったりかと思ったが、朝の激しい一戦が終わってしまうと、営みのときの女とは別人と思えるような穏やかな目になった。

誰しも自分の中に両極端のものを持っている。かんなは性欲に対してそれが著しいだけで、四六時中、男に劣情を催しているわけではないのだ。その波が激しいだけ、素晴らしい器が作れるのかもしれない。

辻村はかんなの作った炎の色をしたぐい呑みが好きだ。かんなの器を置いていた店の主が、これから伸びていく作家だと言っていたが、社交辞令ではないように思える。

それでも、かんなとの営みは、毎月は勘弁してもらいたい。だが、年に一、二度なら、獣のように乱れるのもいいかもしれない。次にかんなに会うのはいつだろう。辻村はいつかまた……と思うことで、疲労していながらも、唇がゆるむような期待を持った。

風呂から上がるとベッドに横になり、しばらくうとうとした。

電話の音で目が覚め、受話器を取った。

「すいばの初音どす」

初音からの電話を待っていたのに、どうせ阪井からだろうと思っていた。それだけに、涼しげな声に動悸がした。

「まさか、本当に掛けてきてくれるとは思っていなくて……驚いたな」

「迷惑どしたか？」

「とんでもない。光栄ですよ」

「寝てはりましたん……？　起こしたんやったらすんまへん。この時間なら大丈夫かと思いましたさかい……」

申し訳なさそうな初音の口調だ。

「寝てなんかいませんよ」

「お声でわかります。かんにんしておくれやす」

辻村は冷や汗を掻いた。

「あんな店やってると雑用が多くて、今日の昼間は時間を作ることができへんのどす。今夜、お店に顔を出しておくれやす」

初音ほどの女から、簡単に、では会いましょうなどと言われるほうがおかしいが、やはり自分は客のひとりでしかないのかと、辻村は落胆した。

「うち、近々、東京に遊びに行こうか思うてます。そのとき、辻村はん、案内していただけますやろか」

地獄から天国という気がした。

「いらっしゃるなら、どんなことがあってもママに合わせて時間を作りますよ。今夜ももちろん、お店に寄らせていただきます」

辻村は年甲斐《としがい》もなく、浮き立つ気持ちを抑えるのに苦労した。

第四章　花の香

　東京駅の新幹線ホームに初音が乗っているはずの『のぞみ』が到着しても、本当に降りてくるのだろうかと辻村は半信半疑だった。店の休みを利用して土曜に出てきて、月曜の午前中に帰ると言っていた。

　最初は東京に遊びに行こうかと思っていると言ったが、初音には東京の雑踏は似合わない気がした。和服の初音しか知らないだけに、鎌倉でゆっくりしたらどうかと提案すると、まだ訪ねたことがないので、ぜひ行ってみたいと言われた。

　鎌倉と初音ならしっくりする。

　辻村は鎌倉のホテルを予約した。

　ホームから『のぞみ』の車内を窺い、初音を探した。和服なのですぐにわかると思ったが、窓越しには、それらしき姿が見当たらない。

　不安が掠めたが、乗客が出てくるのを待つしかない。

「おっ……」

ふんわりとした肩よりやや長めの髪に黒いワンピースを着た女が初音とわかり、辻村は目を見張った。

髪を上げた和服の初音と、あまりにも雰囲気が違う。別人のようにも見える。理知的で隙を与えない。誰もがその美しさに魅せられて神々《こうごう》しさに圧倒されるのではないかと思えた。

初音の中にふたりの女がいて、京都の店の初音と、ホームに降り立った女は同じ初音でありながら、別の人格を持っているような気もした。姿を眺めただけでそうなら、話してみるとどうだろう。辻村はまばゆさに動悸がした。

丈の長いワンピースの輝きは上質のシルクだ。黒いヒールに、控えめな胸のシルバーのネックレス。

決して派手ではないのに目立つ。有名ブランドのファッションショーを見ているようだ。つい見惚《みと》れてしまった。

我に返った辻村は、初音がボストンバッグと衣装バッグを持っているのに気づき、慌てて駆け寄った。

「お疲れ様。お持ちしましょう」

「来てくれはらへんかったらどないしょう思うてました。おおきに」

洋装の女に異国の匂いがしていたのに、柔らかい京言葉を聞くと、やはり自分の知っている初音だと、妙にほっとした。

「和服とばかり思っていましたから驚きました。モデルさんかと思いましたよ。和服も文句のつけようがありませんが、ワンピースも際立ってますね」

「できるだけ目立たんような格好にしたつもりどすけど、目立ちますやろか……」

辻村は困惑している初音に苦笑した。

「何を着ても目立ちますよ。初音さんは美しすぎますから」

初音と同行しているだけで、周囲の男達が羨望のまなざしを向けているような気がして誇らしかった。

東海道線で東京から鎌倉まで一時間近くかかる。疲れているかもしれない初音には酷な気もしたが、辻村はこれからの時間に期待していた。それでも、花街で男を知り尽くしているだろう初音に、軽はずみなことをするつもりはなかった。

「ホテルに着いたらチェックインの時間になると思いますから、荷物を置いて、それからどうするか、初音さんに合わせます。お疲れなら少し休まれてもいいですし」

「そないなことおへん。すぐに鎌倉に行きたいんどすけど、辻村はん、迷惑やあらしまへん？　無理せんといておくれやす」

「明後日まで、ぴったりくっついてご案内させていただきますよ。とはいえ、部屋は別に取ってありますから、気楽に過ごして下さい」

いっしょの部屋で過ごしたいのをおくびにも出さなかった。

まだ深い関係になっていないどころか、初音の気持ちもわからない。ほんの三回、店に顔を出しただけだ。それなのに鎌倉でいっしょの時を過ごせるだけで幸運だ。後はどうなるか、焦らずに紳士的に振る舞うだけだ。初音は他の女とちがう。容易に手を出せる相手ではない。

鎌倉からタクシーで十五分ほど走り、ホテルに着いた。

チェックインの後、すぐに部屋に入った。二部屋ともダブル。隣り合った部屋だ。窓から相模湾が一望できる。天気がいいので江の島や富士山も見える。

今、この部屋に初音がいたら……と、辻村は溜息をついた。

そのとき、室内電話が鳴った。

「初音どす。窓から海が見えて、その先に富士山まで見えて、うち、感激してます。ご覧になりましたやろか。見とーみやす」

子供のように感動している初音の気持ちが伝わってくるだけに、辻村は嬉しかった。

「やっぱり富士山が見えるといいですね。こちらで二、三十分、お茶でも飲みながら、外の景色を楽しみませんか？」

「同じ景色やとわかっていても、ひとりで眺めるよりふたりのほうがきれいな気ぃします。すぐにお伺いしてかましまへんやろか？」

「ええ、どうぞ」

フロント前で待ち合わせる約束が、初音から電話が掛かり、辻村の気持ちは浮き立った。

ノックの音に、すぐにドアを開けた。

「どうぞ。お茶を淹《い》れましょう」

「うちが淹れます。殿方に、そないなことさせるわけにはまいりまへん」

ティーバッグを取った辻村に、初音がさっと右手を伸ばした。

指と指が触れた瞬間、辻村の全身に電流が走った。

白く長い指先を見つめた辻村は、初音の総身も雪のように白く、すべすべしているだろうと昂ぶった。手の届かない女と思っていたのに、今までになく身近に生々しく感じた。

初音の指が触れただけで興奮した辻村は、荒い息を気づかれてはならないと思った。

「うちが淹れますよって、ソファで待っといておくれやす」

初音はティーバッグをカップに入れ、湯を注ぎはじめた。

「どのホテルに泊まるかお訊きしてまへんどしたけど、こないに景色のいいお部屋とは想像できしまへんどした」

初音はテーブルに紅茶を運んできた。

「気に入っていただけたなら何よりです」

「うち、京都が好きどす。けど、こうして久しぶりに旅行すると、なんや、いろんなしがらみから解放される気ぃがします。たまにはいいもんどすなあ」

「鎌倉は京都よりこぢんまりしているので、主なところは今日と明日でまわれますよ」

「一度でまわってしもうたら、次の楽しみがなくなりますさかい、ゆっくりまわらしてもらいます」

初音が笑った。

次の楽しみと言われ、辻村の心は弾んだ。

「観光タクシーはやめますか?」

「へえ、できるだけ歩かしてもらいます」

ソファに並んで座っていると、甘やかな香りが漂ってくる。店でもこんな香りがしていた。

夫はいるのだろうか。それともパトロンは……。

辻村は尋ねたくてたまらなかった。しかし、初音はここにいる。大金を落とす上客ならまだしも、まだ三回しか店に足を運んでいない並の客と。

「鎌倉をゆっくり歩きながら、初音さんの話を聞かせていただきましょうか。店では口にできない話もあるんでしょう？　口は堅いです。むろん、阪井にも決して話しませんし」

安心させるように言った辻村は、紅茶を口に運んだ。

「お客はん、毎日大勢来てくれはるのに、うち、この一年、淋しくてしかたおへんどした
……ようやってこれたと思います」

初音は笑いを装ったものの、総身がとてつもない寂寥感《せきりょうかん》に覆われたような気がした。

「店、辞めたい気ぃしたこともありますけど、いつまでもグジグジしててもと……生まれ変わるために鎌倉を訪ねる気ぃになりました。正直な話、うちの大事な人が亡くなって、先月で一周忌が過ぎたんどす。これ以上、哀しんでいてもしかたおへん。襟替えのときから、ずっとうちを見守ってくれた人どした。今の店も、その人が出してくれはったんどす。『すいば』は、祇園言葉で秘密の場所いう意味どす。その人が出してくれはったお店や思うと、辞めたら罰当たると思うようになりました。元気なうちは、あの店を守り続けるのも供養になりますやろ？」

大事な男を亡くしても店では笑顔を絶やさなかったとわかり、憐憫と愛しさが込み上げた。

辻村は、そっと初音を抱き寄せた。妖しく甘い香りが鼻腔を刺激した。

「すんまへん……こないなこと、お話しして」

抱き寄せられた初音が、慌てて辻村から躰を離した。

「生まれ変わるための鎌倉旅行ですか。大事な話を聞かせていただいてありがとうございました。男冥利に尽きると思っています」

襟替えというのは、舞妓から芸妓になる儀式だ。亡くなった男に、そのときから世話になっていたと初音は言った。初音の歳はわからないが、襟替えから二十年ほど経っているのだろうか。そんな長い間、初音を支えてきた男なら、相当の実力者のはずだ。

そんな男の代わりになれるほどの力はないと、辻村はライバル意識を燃やす気にはならなかった。その男の代わりになれるとも思えない。ただ、初音は、これまで会ったどんな女より美しく品格があり、聡明だ。舞妓、芸妓として過ごしてきた中で、芸事にも長《た》けているだろう。辻村には高貴すぎる女だが、初音が鎌倉にいる間、できるものなら男の夢を叶えたかった。

「どこか行きたいところはありますか？」

「花が好きなお人どしたさかい、花の寺と呼ばれてるところを訪ねてみたいんどす」

「鶴岡八幡宮に真っ先に案内しないといけないのかもしれませんが、花の寺なら北鎌倉からまわってみましょうか」

相模湾をしばらく眺めた後、タクシーで北鎌倉に向かった。

まず、鎌倉五山二位の円覚寺に向かった。

「ここは漱石はんや藤村はん、有島はんが、しばらく滞在しはったところですやろか？」

「ええ、さすがですね。有島武郎が『或る女』を書いたところは松嶺院《しょうれいいん》です。ご案内します」

祇園でそれなりの肩書きを持つ男達の酒の相手をするには、博学でなければならない。初音の口からするりと出た言葉が、辻村には心地よかった。

総門をくぐり、少しまっすぐ進んで左手が松嶺院だ。

「貴船菊の季節どすなあ」

門をくぐったすぐに石灯籠《いしどうろう》があり、その脇に紅白の秋明菊が咲いている。

「京都では貴船菊ですね。こちらでは秋明菊と言いますが」

「辻村はんもお花に詳しいようで、うち、嬉しおす。辻村はんの案内なら、いろんなお花を見られそうどす」

吾亦紅《われもこう》や紅白の杜鵑《ほととぎす》、女郎花《おみなえし》や紫苑に萩と、松嶺院は秋の花の盛りだ。

「初音さんには秋の花が似合いますね」

あまりにも溶け合っている風景に、初音が秋の花の精のような気がしてきた。

松嶺院を出て奥の黄梅院《おうばいいん》に向かうとき、辻村は並んで歩いている初音の手を取った。はっとした初音が手を引いた。

「悪かったかな……」

辻村は初音の反応が気になった。

「すんまへん……気ぃ悪うせんとおくれやす。急なことでびっくりしたんどす……」

初音がおずおずと白い手を差し出した。


出発が午後からだったので、円覚寺から明月院、東慶寺、浄智寺とゆっくりとまわっていると、すぐに夕方になった。

ホテルに戻ってシャワーを浴び、夕食はホテル内でフランス料理を食べることになっている。

辻村は部屋に戻ってシャワーを浴び、明日のために、鎌倉のガイドブックに目を通した。

約束した一時間後にロビーで待ち合わせると、初音は髪を上げ、白大島で現れた。

素人は一時間でこれほど素早く変身することはできない。着物を着て髪型を変え、化粧も完璧とは、やはりプロ中のプロだ。

辻村は目を見張った。

「驚いたな……」

「自分で髪上げましたさかい、ちょっと素人臭くて恥ずかしおすけど」

「きれいにまとまってますよ。店で見る初音さんと違って、この髪型もいいですね」

水商売のときとちがうやさしい感じがして、辻村は、また初音の別の一面を見た気がした。いっしょにいる時間が長くなるほど、女の魅力に圧倒される。

軽くワインを呑みながら、フランス料理を楽しんだ。相模湾で捕れた海産物をふんだんに使った料理だ。

「こないにのんびりしたのは久しぶりどす。店は土日が休みでも、仕事半分引きずった雑用が多いんどす。お父さんが亡くなりはったときは口実作って一週間お休みさせてもらいましたけど、休養いうもんやあらしまへんどしたし」

芸妓や舞妓は座敷で年配の客をお父さんと呼ぶ。だが、初音が言っているのはパトロンのことだ。

初音は弁護士として辻村を信用し、秘めごとを口にしているのだろうか。男として少しはオスを感じてくれているのだろうか。はっきりしないだけにもどかしかった。

「その人のこと、いろいろお訊きしたいですね。胸に溜まっているものがおありなんでしょう？　このホテルには気の利いたバーがなくて、外に出ても繁華街があるわけではないですし、ルームサービスでも取って僕の部屋で呑みますか？　危険ですか？」

辻村は笑って見せたが、なぜ強気になって、呑みましょうと言えないのか、他の女といるときのようにリラックスできない自分が苛立たしかった。

「ルームサービスもよろしおすなあ。うちの部屋でいかがどす？　雅な平安の時代から、日本では男はんが女の部屋を訪ねるものやったと思いますし」

思いがけない言葉に動悸がした。

「お伺いした方がよろしおすやろか？」

初音が小首を傾げた。

「いえ、かまわないとおっしゃるなら僕がお伺いしましょう」

初音の部屋に行けると思うと、息苦しくなるほど昂ぶった。

ルームサービスでは、ブランディと簡単なつまみを頼んだ。

辻村と同じ部屋のはずが、初音の室内は甘やかな香りに満ち、別室のようだ。

「こんな夜、ほんまに久しぶりどす。ちがう世界に迷い込んだ気ぃしてます」

ブランディグラスを傾ける初音は美しい絵になっている。

女の部屋でいっしょにアルコールを呑んでいる。他の女なら間違いなく営みに持っていける。それなのに、まだ初音の心が読めず、どう動いていいかわからない。まず無難に、舞妓や芸妓時代の話を聞いた。

「芸妓姿の初音さんも見てみたかった。京都一の芸妓さんだったでしょうね」

「そないなことあらしまへん。皆さんによくしていただいて、うち、幸せどした。お父さんとも会わしてもらいましたし。うちのお父さん、高齢どしたさかい、あっちのほう、ここ十年ぐらいはだめどしたけど、いつも会えば悦ばしてくれはりました」

思いがけない言葉に、辻村は狼狽した。しかし、狼狽《うろた》えているのを悟られたくなかった。

「つまり、道具でとか……」

平静を装って訊いた。

「へえ、そないなもんも使うてくれはりました。けど、オクチとオユビだけでも、うち、満足してました」

初音がそこまで話すと思っていなかっただけに、辻村の鼓動は速くなり、ふたりの営みの姿が脳裏に浮かんできて困惑した。

「おいくつで逝《い》かれたんですか」

「米寿のお祝いの後どした」

人を羨《うらや》むことなどない辻村だが、八十八歳で他界するまで初音の肌に触れられた男を思うと、いい人生だと羨ましかった。

「百まで生きてほしかったでしょうね」

辻村は昂ぶっている自分を押し隠し、静かに訊いた。

「百まで生きてくれはったら、お父さん、どない恥ずかしこと、うちにしてくれはったどすやろ。あれが使えんようにならはったころから、会うたびにいやらしなりはって。でも、うちはほんまに気持ちよくて、いやらしお父さんが大好きどした。うちのお饅頭、ほっこりしていい形や言わはったり」

初音に試されているのだろうか。初音の品のいい唇からパトロンとのことが赤裸々に出てくる。初音が気品に満ちているだけ、興奮せずにはいられない。

「僕も初音さんの形のいいお饅頭とやらを見てみたいですよ」

これ以上、何気なさを装って話を続けるのは限界だ。辻村は不安もあったが、初音を抱き寄せ、唇を塞いだ。ブランディの香りが広がった。

合わさった胸から激しい鼓動が伝わってくる。まるで、不倫などしたことがない素人女のような動悸だと感動した。

鼻から熱い息をこぼしていた初音は、辻村が舌を動かし始めると、そっと舌を絡めてきた。拒絶されなかったことにほっとした。はやる気持ちを抑え、逝った男を脳裏に浮かべながら、やさしく舌を動かした。

初音の唇は、これまで会ったどんな女のものより柔らかい。質感がまったくちがうようで、他の女とは異質な肉体を持っているのではないかと思えてくる。

舌の動きもやさしい。舌に触れているだけで辻村の全身の神経は過敏になり、ゾクゾクした。

鼻孔に触れるやさしい香りは香《こう》なのか体臭なのかわからない。品のある不思議な香りだ。唇を合わせているだけでも、今にも壊れそうな人形を抱いているような危うさがある。かつては芸事に精を出し、夜になると男達を殿上人の心持ちにさせる極上の相手をし、今も祇園の一等地で高級クラブのママとして男達を惑わせているというのに、今、辻村の抱きしめている初音は、どんな花よりか弱そうに思えてならない。

初音の鼻から洩れるひそやかな息が、辻村の顔に遠慮がちにかかる。それさえ、口のまわりの皮膚ではなく、男の印を直接、微風のように撫でまわし、くすぐっているようだ。

肉茎はとうに反応している。裾を捲り上げて手を入れたい衝動に駆られているが、まだ野暮なことはできない。

長い口づけを交わしながら、そろそろと胸元に手を入れ、肌襦袢越しに乳房を包んだ。不安があったが、初音は拒もうとしない。布越しに伝わってくる体温が熱い。やわやわとした今にも溶けてしまいそうなふくらみを、掌全体でそっと揉みほぐした。

初音の息が徐々に湿ってきた。今までとちがう舌の動きに気づき、手応えを感じた。

布越しに中心の果実の突起がわかる。容易に近づけると思っていなかった女だけに、こうして肌襦袢越しに触れているだけでも、やけに昂ぶる。ぷっちりした感触は、すでにしこり立っている証拠だ。

「んふ……」

果実だけを指先や指の間に挟んで愛撫していると、初音の鼻から艶かしい喘ぎが洩れた。指先に触れる果実が、いっそう硬くなった。

辻村は懐の手を引き、今度は肌襦袢の下に入れた。直《じか》に触れる肌は、つきたての餅より柔らかく、絹の感触より滑らかで、ふくらみを掌に入れたとき、この世にこれほどやさしいものがあったのかと感動した。

全体のふくらみをそっと揉みほぐしては、乳首を撫でまわした。

「あう……かんにん……」

初音が顔を離して、切なそうな目を向けた。

淡い桜色に染まった薄い皮膚の美しさと哀願するまなざしは、オスを欲情させるだけだ。

「こんなに柔らかくてきれいな肌は初めてだ。乳首がコリコリしてる。ほら、こんなに。もう感じてくれてるのか」

辻村は乳首をいじる指の動きを止めなかった。

「かんにん……」

初音の掠れた声に息苦しいほど女を感じ、辻村の屹立はひくついた。

「ここじゃ、まずいな。ブランディでもこぼしたら、上等の着物が台無しになってしまう」

辻村は未練のある胸元から腕を抜いて立ち上がると、初音に手を差し出した。

「シャワー、浴びさしておくれやす……」

初音はそっと辻村を見上げ、すぐに視線を落とした。

夕食前にもシャワーを浴びているはずだ。それに、甘い肌の香りを漂わせている初音を抱きたい。それでも、今の言葉には肌を許すという暗黙の了解がある。夢のような時間が流れ出している。

「入っておいで」

辻村は初音の願いを聞き入れた。

初音はクロゼットの前で後ろを向いて帯を解いた。伊達締めを解き、着物を脱いだ。辻村は白い長襦袢の初音に襲いかかりたい欲望に駆られた。

初音は持参している衣紋掛《えもんか》けに帯と着物を掛けると、ホテルの浴衣を持ち、長襦袢のまま浴室に入った。目の前ですべて脱いで、後ろ姿だけでも生まれたままの姿を見せてほしかった。だが、それが初音の女としての作法だろう。ひととき、か弱い女の一面を見せたものの、今は凜として品格を保っている。

辻村はグラスに残っているブランデイを空けると、大きな息を吐いた。

服を脱いでソファに置き、浴衣に着替えた。初音がシャワーを浴びて戻ってくるのなら、辻村も夕食前にシャワーを浴びているものの、もう一度、汗を流すつもりになった。

ソファで初音が出てくるのを待った。

十分ほどして、浴衣に着替えた初音が戻ってきた。湯上がりの初音は色っぽさを増している。

「私も浴びてこよう。すぐに戻ってくる」

辻村はいったん萎えた肉茎を、丁寧に洗って浴室を出た。

室内の明かりがわずかに落とされ、初音はベッドに横になっている。辻村の心が騒いだ。

ソファに掛けておいたジャケットとズボンがない。初音がクロゼットに掛けたとわかる。

ソファに残った下着には、さりげなくタオルが掛けられている。女らしい心遣いが嬉しかった。

辻村は浴衣を脱ぎ、素裸になって、横になっている初音の右側に滑り込んだ。

仰向けの初音の喉がコクッと鳴った。

初音は浴衣をつけている。抱き寄せ、唇を塞いだ。また一からスタートだ。

早々に辻村の屹立は勢いを増した。

とろけそうな舌に舌を絡め、甘い唾液を奪いながら、浴衣はそのままに、ふたつの乳房を交互に愛撫した。

「んふ……んん」

ソファでのように執拗に乳首だけを責めると、細い肩先がくねり、初音は鼻からくぐもった喘ぎを洩らして身悶えた。

女園は十分に潤っているだろう。辻村は乳房から手を離し、薄い掛け布団を剝いだ。

辻村は初音の浴衣の紐を解いた。初音は拒まなかった。

浴衣の裾を割って手を入れた。太腿もすべすべしている。うっすら汗ばんだ初音の内腿を、辻村はゆっくりと撫で上げていった。

初音の舌が、今までより激しい動きを見せた。鼻からこぼれる息も熱い。

太腿の付け根に近づくほど、内腿がねっとりとしてきた。初音の舌がますます激しく絡まってきた。

ついに翳りを載せた肉のマンジュウに辿り着いた。やわやわとした翳りだ。見るまでもなく、薄めの細い恥毛とわかる。何もかもが初音にふさわしい。心地よい感触に、辻村はしばらく羽毛のように肌触りのいい翳りを撫でまわした。

そうしているうちに、ほっくらした丘も汗ばんできた。秘密の器官を隠している縦のほころびを人差し指で辿った。

「んっ……」

初音の総身が強ばった。

性急に指を沈めるのをやめ、柔肉のほころびの縁を何度もゆっくりと行き来した。指先に感じる湿り気がわずかずつ増し、汗ではなく、肉マンジュウの中の女の器官から蜜液が溢れているのがわかる。

閉じている柔肉に、指をそっと押し込んだ。すぐに、ぬるりとしたうるみが指先に触れた。

「くっ……」

また初音が硬直した。

肉のマメを包む細長い包皮が、ぬめりに覆われている。小さな花びらもぬるぬるだ。潤っている初音にほっとし、敏感な肉のマメを避けて、花びらやその脇の肉の溝や会陰をやさしくなぞった。

「んん……」

初音は太腿を狭め、辻村の指の動きを邪魔しようとする。

初音ほどの女でも、感じすぎるのが恐いのだろうか。それとも、初めての男の前で法悦を迎えるのが恥ずかしいのだろうか。

腰をもじつかせ、唇を合わせたまま、鼻から甘やかな喘ぎを洩らす初音の婀《たお》やかさに魅惑されていくばかりの辻村は、悩ましい女の表情を見たくてたまらなくなった。

指の動きは止めず、顔を離して初音を眺めた。目を閉じ、眉間に小さな皺を寄せた初音の表情は、薄明かりに照らされて息を呑むほど妖艶だ。

まばゆいばかりの光の中で初音を見たくてたまらない。わずかに照明を落とし、ベッドに入った女心はわかっても、初音が美しいだけに惜しくてならない。

「こんなに濡れてるから、指が滑りそうだ。まるで人形の性器を触っているみたいに可愛い。それなのに、ちゃんと太いものも呑み込んでしまうんだろう?」

辻村は肉の祠に中指を押し込んだ。膣ヒダを押し分けるまでもなく、指はぬめった沼底につるりと沈んでいった。

中指が秘口に沈んだとき、初音のぬら光る唇がかすかに動き、あっ、と小さな声を押し出した。

「おう、この中が燃えてるようだ」

「かんにん……」

泣きそうな声は、かえって辻村を煽った。

指を奥まで沈めていった。

「ああ……だめ」

初音はますます膝を固くつけようとする。

初音の傍らに躰を置いていた辻村は、右脚を初音の脚の間に入れ、グイと押した。膝が離れ、挿入している指が動かしやすくなった。だが、急いで出し入れするのが惜しく、肉ヒダ全体を確かめるようにゆっくりと抽送し、ヒダの感触や締めつけ具合を味わった。

指一本にも拘わらず、肉のヒダが抱擁するように包み込んでくる。暖かさと柔らかさと微妙な収縮を感じ、剛直を沈めたときの心地よさが想像できた。

「あう……かんにん」

閉じられなくなった膝を狭めようとする初音は、うっすら染まった目を閉じたまま、掠れた声で言った。

かんにんという言葉が初々しく切なげで、辻村の股間のものをズクズクと刺激した。

「はあああっ……だめ……あう……先生、やめておくれやす……かんにん」

腰をくねらせ、太腿を閉じようとする初音が、目を開けた。哀願するようなまなざしを向けられると、何としても支配し、蹂躙したい気持ちが強まった。

か弱い小動物の目だ。それがオスを煽っている。助けを求めているようでいながら、屠《ほふ》られたいと言っている。辻村にはそうとしか思えなかった。

「指より太いものが欲しいんだろう？」

初音は首を振った。けれど、蜜は溢れてくるばかりだ。

男が逝って一年、初音ほどの女が、男を絶っていたのが信じられない。それなりの男達が毎日訪れる店にいながら、肉欲を絶ったままでいられるだろうか。

パトロンが亡くなって辛かったということを告白されたときは信じたが、初音が素晴らしければ素晴らしいほど、この一年、男に触れていないというのが信じられなくなる。

辻村はいったん出した指に人差し指を添え、二本にして沈めていった。

「んん……かんにん……先生、かんにん」

かんにんというのは初音の口癖だろうか。営みの最中にこの言葉を聞けば、男の誰もが逆に獣欲を刺激され、力を漲らせるだろう。

「この中に指を入れているだけで、僕のものがヒクヒクと催促してくる。早く初音さんのあそこに入りたいと」

「だめ……かんにん」

だめと言われれば、なおさらその気になる。だが、初音を相手にしている以上、ことを急ぐつもりはなかった。ご馳走はゆっくりと味わうべきだ。

自分でも焦れったくなるほどゆっくりと、辻村は女壺の二本の指を出し入れした。

肉ヒダの締めつけがやさしい。それでいて、刺激的だ。密閉された祠が、ねっとりとした収縮を繰り返している。

指の出し入れをしながら、親指で花びらや、肉のマメを包んでいる包皮をいじった。

「かんにん……ああ……だめ……そないされると、うち……」

初音はずり上がろうとした。

「いきそうか？　この指を気に入ってくれたのか」

恐ろしいほど扇情的な初音の顔を窺いながら、もうじき絶頂の表情を見られると、辻村は興奮した。

「かんにん……かんにん……ああっ！」

グイッと顎を突き上げた初音が、眉間に深い皺を刻んで硬直した。半開きの唇が辻村の情欲を煽った。

女壺の二本の指が、これまでにない強い力で締めつけられた。しかし、柔襞の収縮はあくまでもやさしい。蜜の壺が沸騰し、溜まっていた甘い蜜が噴きこぼれたようだ。

花壺の収縮が収まりかけたころ、辻村は指を抜いた。乱れた浴衣をまとっている初音の上に乗り、痛いほどいきり立っている肉茎の先で肉マンジュウのあわいをさぐった。

「待っておくれやす。待っておくれやす……かんにん……」

初音は腰をくねらせながら、ずり上がっていく。

「かんにん……先生、かんにんしておくれやす」

本気で逃げているようで、同じだけ躰を移していった辻村は、動きを止めた。

「かんにん……ちょっと待っておくれやす……やっぱりできしまへん……かんにん」

初音が鼻をすすった。

ひとつになれると思っていた直前だけに、辻村は動揺した。

「一年経って、いつまでもお父さんのことばかり思うててもあかんと決心してここまで来たつもりどしたのに、先生に何もかも任せるつもりどしたのに……そやから、自分を煽るつもりで、わざとお父さんとの恥ずかしこともお話ししましたのに、いざとなると躰が言うこと聞きしまへん」

初音の肩が小刻みに震えた。

「長いこと、お父さんだけに可愛がってもらいましたさかい、他のお人を、よう受け入れられへんのどす……かんにん……ここまできて、えげつない女と思われてもしかたおへん」

男女のことは酸いも甘いも知り尽くしていると思っていた女の、ウブで一途な心に、辻村は逝った男が羨ましかった。

「うちだけ気持ちようさせてもろてすんまへん……先生のもの、オクチでさせてもらいますさかい、かんにんしておくれやす」

乱れた浴衣の胸元を合わせた初音が、指で涙を拭《ぬぐ》って躰を起こした。

初音の口戯の誘惑には勝てず、辻村は欲望の赴くままに仰向けになった。

逝った男を忘れるまで、そんなことはしなくていいと口にしてやることができない自分を懐の小さい男だと思っても、乱れた髪を数本、額やこめかみにへばりつかせている妖艶な初音を眺めてしまうと、精を噴きこぼしたい欲求は抑えきれない。

太腿の間に入った初音は腹這いにはならず、正座して半身を倒し、左手を辻村の鼠蹊部《そけいぶ》に置き、右手で肉茎の根元を握った。

白い嫋やかな手で屹立を握られただけで鈴口から透明液が溢れ、ヒクッと反応した。

「失礼さしてもらいます」

初音はそう言って肉茎を根元まで咥え込むと、舌で側面をしごきながら顔を浮かせていった。

やわやわとしていながらキュッと締めつけてくる唇の締まり具合と、肉茎の側面を撫でていく暖かい舌の感触に、すぐさま果てそうな気がした。初音に口戯を施されているというだけで高揚している。

初めて会ったとき、こんなことは夢のまた夢と思っていた。いつかは抱きたいと思ったものの、簡単に自由にできる女ではないと思っていた。逝った男が忘れられないと泣かれ、まだひとつになることはできないが、口戯をしてもらえるだけでも男の名誉だ。

動くたびに長い睫毛が震え、丸くなった唇が照明を微妙に反射して妖しく光る。わずかな光と陰の作用が、初音の顔をエロチックに見せ、辻村の快感を増幅させた。

玉袋に触れるでもなく、初音は頭を浮き沈みさせている。だが、唇の締まり具合がいい。動くたびにねっとりと側面に絡まりながら滑っていく舌の感触も、何ともいえない。抜ける寸前に肉笠を唇に引っかけるように刺激し、舌で亀頭全体を微妙に愛撫していく。鈴口に舌先が入り込み、次に亀頭全体をこねまわす。

根元まで咥え込んだときは口蓋で亀頭を撫でまわし、舌とちがう硬い感触で刺激する。単純に頭を動かしているような初音だが、咥えた剛直を巧みに責めていた。

踊りの名手が大きな所作ではなく、目線ひとつの動きで表現するように、初音の口戯はわずかな動きでしかないのに、辻村はいつ爆発してもおかしくないほど昂まっていた。

「おう……天国だ……うまいな……いい気持ちだ……長くはもたないぞ……」

辻村は手を伸ばし、ティッシュボックスを引き寄せた。

初音の頭が今までより速い動きを見せ、側面に絡まりながら滑っていく舌の刺激も強くなった。

溜まっていたマグマが一気に噴き出す寸前、辻村は腰を引こうとした。だが、初音の頭もついてきた。

白濁液が初音の口中深く噴きこぼれていった。

絶頂のめくるめく快感が、辻村の総身を矢のように突き抜けていった。

初音の口に射精するつもりはなかったが、それを避けようとした辻村を察し、初音が顔を離さず、自ら受け入れた形になった。

いったん動きを止めた初音は、肉茎の側面を気品に満ちた唇でしごきながら、精液の残渣《ざんさ》が微塵《みじん》も残らないように清めていった。

辻村はティッシュを差し出した。首を振った初音が、コクリと喉を鳴らした。

意外だった。

「飲んでくれたのか……ありがとう。口をゆすいでおいで」

「けど……」

「飲んでくれるとは思わなかった。出してよかったのに」

「そない失礼なことできしまへん……」

初音がうつむいた。

「精液が好きな女もいるが、決して美味いものじゃない。遠慮せずに行っておいで」

初音は少し迷っていたが、軽く頭を下げて洗面所に消えた。

射精してしまったからには、獣欲は薄らいだ。だが、時間が経てば必ず抱きたくなる。初音ほどの女を前にしながら欲望が起こらないはずがない。

辻村は迷ったが、まだかつての男を忘れられないと言いながらひとつになるのを拒んで泣いた初音を思い、部屋に戻ることにした。

下着をつけていると、初音が戻ってきた。

「やっぱり……怒ってはるんどすね」

また泣きそうな声だ。

「いや、また明日は鎌倉を歩くんだ。京都から出てきたんだし疲れてるだろうから、ゆっくりお休み」

「ここにいてくれはらへんのどすか……」

「口でしてもらったというのに、いっしょにいたら、きっとまた抱きたくなる……」

辻村は正直に口にした。

「出て行かれはったら、うち、どうしていいか……お父さんのもの、先生みたいに元気にならはらへんどしたさかい、大きくなったものに触るの、ほんまに久しぶりどした。うち、上手にできひんかったんでしょう……？　がっかりしはったんじゃないんどすか？」

あんなに巧みに口戯を施していながら、初音は未熟ではなかったかと心配している。それが辻村が部屋を出て行く一因かと思っている。

「あんなに上手なフェラチオは初めてだ。本当に最高だった。そんなことは考えないで、ゆっくり休むといい」

「うち、先生の腕枕で眠りたいんどす。けど、無理どすやろ……？　わがままますぎますやろ……？」

切ない初音の顔が、早くも辻村を欲情させた。初音が承諾しない限り、抱くわけにはいかない。けれど、それ以外のことをしてみたくなった。指戯だけで口戯も施していない。まだ目にしていない女園も見たくなった。

「ここにいていいのか？　後悔することにならないか？　男は獣だ。箍が外れると何をするかわからない」

部屋にいてほしいという初音に、辻村は試すような言葉を出した。

「先生は獣になれへんお人どす。そやから、うちのわがままを聞いてくれはったんどす」

「後悔しても知らないぞ」

辻村はさっとシャワーを浴びてベッドに戻った。

初音の望みどおり、腕枕をしてやった。

「もう二年もすれば僕は五十だ。歳とったと思っていたのに、初音さんのいい人の歳を知ったら、自分が若すぎると思うようになった。せめて六十ぐらいならよかった。経験も富も、何もかも、米寿の男にかなうわけがないな」

京都の花街で遊び、初音の面倒を見てきた男の大きさは、辻村には想像もできない。

「歳なんか関係ありまへん」

「金はいる」

「そない哀しいこと、言わんといておくれやす」

野暮な言葉だったかもしれない。けれど、初音を自由にするには愛情が第一とわかっていても、それだけではどうにもならないこともわかる。

「眠れそうか？　一度だけいけばいいのか？」

初音の気持ちを一番に考え、懐の深い男になろうと思っていたのに、抱いているのと同じように躰が密着した状況で、おとなしく朝まで過ごせるはずがない。口戯で精をこぼしたものの、股間のものが漲ってくるのは時間の問題だ。

「いい人にはどんなふうにしてもらっていたんだ」

初音を恥ずかしがらせるために、わざと訊いた。

「玩具も使っていたと言ったな。玩具にも色々ある。いい人はどんな玩具を使っていたんだ。どんな玩具がいいんだ」

「そないなこと……訊かんといておくれやす」

初音は辻村の胸に顔を埋めた。

クラブ『すいば』で高価な和服を着、凜とした姿で客に応対しているママを知っているだけに、ここにいるのは別人のようだ。容易には近づけない高貴な女だった初音が、今は可愛い。

人前では美しさと品位を保ち、ふたりきりになると脆《もろ》く可愛い女になる初音の秘密を知った男は、ますます溺れていくしかない。その秘密を知っている男は何人いるのだろう。

襟替えのときから、逝った男に見守ってもらっていたと告白した初音だが、二十年ほどの間、その男しか知らなかったのは不自然すぎる。辻村は、『すいば』の客全員が初音の秘密を知っているような妄想に駆られた。

「玩具がなくて残念だ。玩具を使ったら、どんな声を出して気をやるんだろうな。でも、指や口のほうが玩具より繊細なはずだ」

徐々に辻村は激情を抑えられなくなった。

「いい人はどんなふうに悦ばせてくれていたんだ？」

初音は辻村の問いに答えず、胸に埋めていた顔を、ますます強く押しつけた。

格式高い花街で生きてきた女に下手《へた》なことをするわけにはいかないと自制していた辻村だが、クラブのママとして店で見せていた隙のない女とはちがい、男に温順で羞恥心の強い性格とわかると、嗜虐的な気持ちが湧き上がってきた。

初音の肩先を押して躰を離し、仰向けに倒すと、ベッド脇のライトを煌々《こうこう》と照らした。

「だめっ！」

「何がだめだ。男は獣と言ったはずだ」

軽蔑されたり嫌われたりしたらいけないという恐れがあって控えめにしていたが、今は五分五分で何とかなるはずだと思えた。

抵抗する両手をひとつにして押さえつけておき、浴衣の裾を大きく左右に割った。

「かんにん！　かんにん！」

我を忘れた初音の声は大きかった。

「廊下に聞こえるぞ。僕は一向にかまわないが」

初めて見る逆二等辺三角形のきれいな形をした薄めの翳りに昂ぶりながらも、落ち着いた口調で言った。

肩で喘いでいる初音が息を呑んでドアを見つめた。

「かんにんしておくれやす……」

今度は掠れた声だった。

「犯しはしない。心配するな。他のことはするがな」

辻村はゆとりを装い、唇をゆるめた。

やはり、強引に挿入して合体するのはためらわれる。しかし、してと言わせればこちらの勝ちだ。今夜中にそこまでいかなくてもいい。恥辱にまみれた初音の顔を見られれば、精神的に満たされる。それだけで精を噴きこぼすかもしれない。

辻村は荒い息を吐く初音に獣の血を滾らせながら、膝の間に足を入れた。膝が割れると躰を入れ、両手で一気に胸につくまで膝を押し上げた。

「あう！　かんにん！」

押し殺した、それでも悲鳴に似た声が、初音の口からほとばしった。

ずり上がろうとするが、胸の上で膝頭を押さえつけられ、初音は肩先をくねらせても動けなかった。

泣きそうなせっぱ詰まった表情に、血が騒いだ。初めて目にする秘密の部分にも興奮した。

想像以上にきれいな形と色をした下腹部だ。

肉のマンジュウに載ったやさしい翳りが、恥じらいにそよいでいる。直毛に近い。

まだ閉じている肉のマンジュウのあわいから、花びらと肉のマメを包んだ包皮がかすかに顔を出している。マンジュウをパックリと割って女の器官を赤裸々に晒したいが、膝を押し上げ、胸に押しつけたまま直視した。

「かんにん……見んといておくれやす……先生、明かりを消して……かんにん」

膝を押し上げられて太腿のあわいを見つめられている初音は、辻村の視線を少しでも避けようと腰をくねらせている。

「明かりを消すなんてもったいない。きれいなお饅頭だ。毛の量も、生え具合もいい」

「いや……」

今まで哀願するような目を向けていた初音が、破廉恥な辻村の言葉に視線を逸らした。

「ムスコであそこを犯さなくても、こんなのを、目で犯すと言うんだろうな。見ているだけでここからジュースが溢れるようになる。ああ、きっと溢れてくる。そうなったら、本当は感じているということだ。一時間でも二時間でも眺めているからな」

気品のある美しい女を辱めているというだけで、肉茎が痛いほど疼く。浴衣の下に下穿きはつけていないが、今は薄いショーツでも穿かせ、肉のマンジュウのワレメに食い込む卑猥な布きれを見たいところだ。だが、ワレメの景色が、食い込んだ布のように見えなくもない。

初音は、またずり上がろうとしたが無駄だった。両腕を動かしてもがくだけで、起き上がることもできない。

「いい人にはもう触ってもらえないんだぞ。だけど、あっちから、こうやってじっと見ているかもしれない。見られていると思って、この一年、自分の指や玩具で恥ずかしいことをしてきたんだろう？　一年もここを触らずにいられるはずがないからな。初音はどんなオナニーをするんだろうな。したことがないとは言わせないぞ」

初めて初音を呼び捨てにした。下腹部から初音の顔へと視線を移した。

「どこでするんだ？　ベッドの中か？　お風呂か？　居間のソファの上か？　それとも、いい人の写真の前でか？　教えてくれないなら、お饅頭を大きく割って眺めることになるぞ」

「かんにん……見んといておくれやす……もうやめておくれやす」

「どこでオナニーするんだ？」

次々と破廉恥な言葉を出す辻村に、初音はイヤイヤとか細い首を振った。

「そうか、教えてくれないならこうだ」

胸の上に押しつけていた膝を、グイと外側に割った。

「いやあ！」

押し殺した声ではなく、悲鳴が上がった。

ぱっくりと口を開けた肉マンジュウの中のパールピンクの器官を目にした辻村は、息苦しいほど興奮した。

「もっと大きな声を上げて助けを呼ぶか？　今の声は廊下にも隣にも聞こえたかもしれないが、もっと大きな声を上げてもいいんだぞ」

辻村は興奮する一方で冷や汗を掻いたが、破廉恥な行為をやめる気はなかった。不安を抱きながらも冷静を装って言った。

「これ以上、辱めんといておくれやす……そないに見んといておくれやす」

ふたたび大きな声を出すことはできないようで、押し殺した掠れた声で初音は哀願した。

辻村はそんな願いを聞き入れるつもりはなかった。追いつめられた獲物の表情にもそそられるが、やはりオスが興味を持つのはメスの器官だ。さっきは秘園を見ないまま、指で法悦を極めさせた。まだ目にしていなかった秘密の器官だけに、興味は尽きない。

肉のマンジュウのワレメからちらりと顔を出していた花びらや肉のマメを包んでいる包皮が、やっと全体の姿を現した。一度気をやっているのに、花びらはまだ完全に咲き開いておらず、楚々としている。その花びらのあわいのピンク色の粘膜が、とろりとしている。

秘口の奥は見えないが、すでに指は挿入済みだ。具合のいい膣ヒダだった。屹立を入れたらどんなに気持ちがいいだろう。だが、我慢に我慢を重ね、破廉恥に晒した下腹部を、辻村は見つめ続けた。

「いや……かんにん……見んといておくれやす……かんにん」

沈黙に耐えきれないのか、初音はそんな言葉を繰り返した。

初音ほどの品格のある女も、他の女と同じように淫らな器官を持っている。無垢に見える美しい形状をしていても、幾度となくここを愛でられ、法悦を迎え、肉の悦びなしでは生きていけなくなっているはずだ。

ここ一年、愛する男の喪に服し、他の男に触れられていないという初音の言葉を信じるとしても、悟りきった高僧でもない限り、肉の疼きに耐えきれなくなるころだ。

初音は決して淡泊なのではなく、その男を愛しすぎ、他の男に身をゆだねることができないだけだ。だから、一度、他の男に抱かれてしまえば新しい一歩を踏み出すことができる。

辻村はそう確信していた。

「かんにん……かんにん……かんにん」

初音は抵抗しても辻村から自由になれないとわかったのか、すすり泣きはじめた。

初音ほどの女を泣かせてしまったことに不安がないわけではないが、視線の先のパールピンクの器官から銀色に光る透明液がわずかずつ溢れ出し、粘膜全体を美しく覆っていくのを辻村は見逃さなかった。

恥ずかしいところを執拗に視線で嬲《なぶ》られるだけで、被虐の女は濡れる。初音が濡れないわけはない。

「上だけじゃなく、下も泣いてるぞ。何が哀しい。だけど、下がぐっしょり濡れてるのは太いものが欲しいからだろう？」

「いや……かんにん」

うっすら染まった鼻頭も扇情的だ。

「いやなら、無理に抱いたりしない。そのかわり、他のことはするぞ。さっきは指でいったんだ。今度は口でいってもらおうか」

さんざん視線で犯した秘園に顔を埋め、妖しく香る器官を、ねっとりと舐め上げた。

ぬめりを舌先で掬い取るとき、初音の腰がクイッと跳ね、ああっ、と艶かしい喘ぎが洩れた。

上品な唇から洩れた喜悦の喘ぎを耳にすると、初音の快感が直に伝わってくるようだ。その反応が嬉しく、辻村は同じ動きをゆっくりと、やさしいタッチで続けた。

「はああ……かんにん……あう……先生……やめておくれやす……あう」

両脚を胸に押しつけられて逃げられない初音は、破廉恥な格好で責められながら、やはり、かんにん、と言い続けた。

もっと、と言われるより、やめてと言われるほうが煽られる。初音が煽るつもりで言っているのではないとわかっているが、よけいにそそられた。

蜜はいくらでも溢れてくる。蜜の味さえ、他の女とちがう。甘い不老不死の妙薬のようだ。

少しずつ舌に触れる場所をずらしていった。小振りの花びらの尾根を、交互に舌先で伝っていった。

「あう……先生……はあああっ」

いつしか、かんにん、という言葉が消えた。

何とやわやわとした花びらの縁だろう。そこに触れる舌先も自然とやさしくなる。

目で見た女の器官を、舌で細部まで確かめるつもりで、丁寧に隈無く触れていった。

「ああっ……んんっ……あはあ……」

穏やかな波に乗って小気味よく揺れている木の葉のような喘ぎだ。

肉のマメには触れず、周辺を忍耐強くソフトに責めた。

初音は逃げない。辻村はやがてそう確信し、胸に押し上げ、押さえつけていた脚を離した。

破廉恥すぎた姿から解放すると、すぐさま太腿の狭間に頭を入れ、肉のマンジュウを大きくくつろげ、隅々まで観察した。快感に染まった女の器官は美しい。絵心があるなら、描写せずにはいられないだろう。蜜にまぶされた透明感のある器官は、どんな宝石の輝きより気品に満ちている。

むずかるように初音の腰がくねった。だが、ずり上がっていく気配はない。くつろげられ、伸ばされた肉マンジュウの内側のつるつるした粘膜を、舌をジグザグに動かしながら舐めていった。肉のマメを包んでいる包皮の付け根の周囲を舌先で辿った。

「あは……はあっ」

初音が足指を擦り合わせた。

初音の絶頂は、すぐそこまで近づいている。長く続く愉悦を与えてやりたい。どれだけ悦楽を与え続けることができるだろう。辻村は最高の舌戯を施すつもりで、初音の喘ぎの微妙な変化を確かめながら、かすかな強弱をつけて触れていった。

「あう……ああ……んんっ……んん」

今までとちがう喘ぎの変化と総身のかすかな痙攣を、辻村は見逃さなかった。長く続く絶頂の始まりに気づいた。

恍惚状態に入った初音が、艶かしい喘ぎを洩らしながら夢うつつを彷徨っている。

一気に押し寄せる大きな絶頂のときには聞かれない、得も言われぬ趣のある喘ぎだ。か細くとも味わいのある最高の声色に、天界の声を聞いているような気もしてくる。それでいて、肉の香りがする。天界と人界の狭間で放たれているような微妙な喘ぎだ。

うるみが豊富だ。バルトリン腺と秘口からだけではなく、舌に触れるあらゆる所から汗のように滲み出している気がするほど、絶え間なくぬめりが溢れてくる。

初音の絶頂は辻村の技巧しだいで、いつまでも続いていく。刺激が弱すぎると絶え、強すぎると大きな波がやってきて、それきり心地よい絶頂は終わる。神経を研ぎ澄まして初音の喘ぎに耳を傾けていなければならない。

初音の愛した男が与えた快感より深く長い法悦を与えたかった。初めて、逝った男へのライバル意識が芽生えた。今までは、自分とは比べようのない大きな男と思っていた。

「先生……ああ……うち……溶けてしまいそう……おんなじ……おんなじやわ……はああああっ……」

すすり泣くような声で初音が言った。

「お父さんとおんなじ……おんなじやわ」

同じというのは、舌戯のことだろうか。こうやって何度も続く長い法悦を、逝った男は初音に与えていたのだろうか。

肉茎で初音を悦ばせることができなくなっていた男は、あらゆる手を使って初音を満足させていただろう。決して乱暴に扱わず、こうやって細心の注意を払い、やさしい絶頂に導くように緻密《ちみつ》な技巧を凝らしていただろう。

大きな爆発を呼ばないように、辻村は肉のマメはできるだけ避け、細長い包皮や聖水口、花びら、その脇を下で辿ったり軽く捏《こ》ねまわしたりした。

「あぁっ……先生……どないにでもして……もうどないにでもしておくれやす……」

長く穏やかな法悦を繰り返すうちに、初音が願ってもないことを口にした。

顔を離して、すぐさまぬめる肉の祠に肉茎を突き立てたい衝動に駆られた。だが、辻村は踏みとどまった。

少しでも長く……。あの男より長く……。

そう思いながら、逝った男より長く初音を悦ばせることができれば自分の誇りにもなると、ひたすら舌を動かした。

逝った男がどんな方法で、どれほど初音を悦ばせていたかわかるはずもないが、お父さんとおんなじ……と言った初音の言葉が心強かった。その言葉で忍耐できた。

「はああっ……欲しい……欲しおす……先生のもん……今なら……今ならうち……」

初音が喘ぎながら言った。

「今なら……」

すすり泣きに似た声の初音に、疼く肉茎を持て余し、辻村はついに秘園から顔を離した。

初音は目を閉じている。

辻村の口辺は、女園への長い口戯で蜜にまみれていた。初音の女の匂いが染みついている。

唇を合わせたら、初音はどんな反応を示すだろう。

今にも挿入しようというときに、辻村は好奇心に駆られた。だが、今は、ようやく初音がその気になったのだ。拒否される前に、まずはひとつになっておきたい。

「本当にいいんだな？」

急にいやだと言われると困る。他の女となら、欲しいと言われたら、わざわざ訊き直すこともないが、初音は別格。つい尋ねてしまった。口を離してしまったが、長く続いていたエクスタシーの余韻は、まだ残っているはずだ。

うっすら汗ばんだ初音は、目を閉じたまま、やっとそれとわかるほど頷いた。

辻村は鼻から大きな息を洩らした。

蜜を存分に味わい、清めたというのに、女の器官は今もぬめりで一杯だ。透明液をしたたらせている亀頭を柔肉のあわいに押し当て、腰を沈めていった。

「はああ……」

辻村を受け入れた初音は、形のいい顎を突き出しながら、艶めかしい喘ぎを洩らした。

肉のヒダの感触を確かめながら、ゆっくりと剛棒を沈めていった。

屹立が奥に進んでいくとき、亀頭は柔らかいヒダに撫でられるようでいて、側面はしっかりとしごきたてられているような刺激があり、絶妙な肉の器に潜り込んでいく気がした。

別格の女と思っているだけに、他の女より秘壺の暖かさも締まり具合も桁《けた》外れによく感じるだけだろうか。しかし、指を入れてヒダを確かめたとき、肉茎を挿入すればどんなに心地いいか想像できた。その想像よりはるかに具合がいい。

奥まで沈めた剛直を、二度と女壺から出したくない。いつまでもひとつになったままでいたくなる。

「こんな器は初めてだ。最高だ」

初音は、ひとつになったことを悦んでいるのか後悔しているのかわからない。

「目を開けてごらん」

初音の目を見たかった。けれど、初音はイヤイヤと、二度首を振った。

抜き差しはせず、そのまま上半身を倒して初音の唇を塞いだ。秘口がキュッと締まった。

初音は顔を逸らそうとした。逃すまいとしたが、大きく頭を振られ、唇が離れた。

「オクチゆすいできておくれやす……」

ついに初音が目を開け、羞恥の伴った表情を見せた。

「どうしてだ」

わかっていながら辻村はわざと訊いた。

「恥ずかしおす……その匂い、嫌いどす……」

「自分のあそこの匂いのことか？」

「いや。言わんといておくれやす……」

初音は目のやり場をなくしていた。

口戯を施されたとき、自分の秘所の匂いが辻村の唇に染みついたと知った初音の困惑と羞恥の表情に煽られた。

唇を合わせたのは、瞼《まぶた》を閉じていた初音の目を見たくて試したこともある。

自分の匂いの恥ずかしさに、初音もついに目を開けるしかなくなったようだ。

思いどおりにことが運んだことに、辻村は内心ニヤリとし、少し余裕が出た。

「口をゆすいできたって、あそこにキスをしたら、また同じ匂いがつくんだ。ジュースがいくらでも出てくるように、あそこをいくら洗っても、必ず香水のようにいい匂いが漂ってくる。口をゆすいだって無駄なことだ。そうだろう？　男だって、いくらペニスを洗ったって、あれをしているとオスの匂いがしてくるんだ」

「いや……」

ますます初音が困惑した。

「あそこの具合も匂いも、何もかもいい」

「言わんといておくれやす……」

　また初音が目を閉じた。

「とうとうこんなになってしまったな。一年ぶりの太い奴の感触はどうだ。これで、これから他の男ともできるようになるだろう？　初音ほどの女が一年も男を絶っていたなんて信じられない」

　耳にそっと息を吹きかけ、甘噛みした。

「あは……」

　喘ぎと同時に、秘口と肉ヒダも収縮した。

　初音の耳は、透明な海の広がる渚に打ち寄せられた真っ白い貝のようだ。無垢で品があり、初音の総身の美しさだけでなく、清潔な生活のようすまで想像できるようだ。

　耳を責めていると、初音は甘い声で喘ぎながら腰をくねらせた。早くしてと催促されている気がした。

　感じすぎてじっとしていられないだけだとわかっていても、辻村は完全に誘惑されていた。

　来て来て来て……。

　女壺の底から、そんな声が聞こえてきそうだ。

　辻村はじっとしていることができなくなった。半身を起こして体勢を戻し、目を閉じている初音を見下ろしながら、ゆっくりと腰を動かした。自分でももどかしくなるほど、遅々とした動きにした。

穿つたびに木の葉のように微妙に揺らぐ初音の躰と、あえかな喘ぎの艶めかしさに、辻村は心底、無上の女だと実感した。

「ああ、最高だ……」

ゆっくりと抽送を続けていたら、明日の朝にはペニスが溶かされているかもしれない……。

あまりの心地よさに、本気でそう思った。

何度も同じスピードで単純な出し入れを繰り返した辻村は、入口付近で浅い出し入れだけを開始した。半開きの初音の口から、静かな喘ぎが洩れた。

快感のあまり、すぐにでも射精したい気持ちを抑え、初音の肉の祠の入口付近で剛棒の先だけ出し入れするのは苦痛だ。

けれど、初音のパトロンだった男が高齢で現役ではなかったというだけに、あの手この手でねっとりと可愛がっていたことと想像すると、安易に自分の快感だけを求めることはできない。性急な行為で初音は満足しないはずだ。

女の器官に口戯を施したときも、かすかな喘ぎを耳で確かめながら、微妙な強弱の変化をつけて長い悦楽を与えることができた。初音は心底、心地よさそうに静かな法悦の波間を漂っていた。そして、初音の口から、欲しいという言葉が出てきた。

　ひとつになることは諦めていた辻村にとって、意外な言葉だった。丁寧な口戯で、諦めていたことが実現できたのだ。かといって、激しい抜き差しをして、自分本位に果てるわけにはいかない。

　剛棒の二、三センチ先だけを出し入れした。男として、かなり厳しい状況だ。できるものなら、情欲のままにさっさと出し入れして果ててしまいたい。しかし、初音を別格と思い、魅了され、尊敬もしているだけに、我慢も必要だ。

「あは……」

　浅い抜き差しを続けていると、催促するように初音の腰が心なしか持ち上がった気がした。それでも辻村は浅い出し入れしか続けなかった。辛抱強く動いた。

「あう……もっと」

　瞼を閉じていた初音が目を開けて、泣きそうな顔をした。

　辻村は平静を装って訊いた。

「もっと何だ」

「欲しおす……もっと欲しおす……えげつない女と思われますやろ……軽蔑しはりますやろ？　けど、うちの躰……久しぶりにほんまもんの男はんのものをいただいて、おかしなってます。疼いてしかたおへんのどす」

初音の告白を聞いただけで、男冥利に尽きる気がした。

「先生、うちをもっと激しく犯しておくれやす」

「激しくしていいのか。やさしくなくていいのか」

初音が頷いた。

激しく責めたい反面、初音が壊れてしまうのではないかと不安もある。けれど、入口だけで抜き差ししていた屹立を、グイッと奥まで沈めた。

「あう！」

形のいい顎が突き出され、今までとちがう声が初音の唇から押し出された。眉間の皺も深くなり、さらに妖艶な色気が漂った。

膣ヒダが屹立をやわやわと締めつけてくる。幾重にも重なった羽毛の中に沈んでいるようだ。初音の肉の器は他の女と異質のものだ。

「おう……どうしてこんなにいいんだ」

奥まで沈めた剛直の、あまりの心地よさに、辻村は感嘆の声を上げた。

激しく犯してと言った初音の言葉で、満ちていたエネルギーが何倍にもなった。二十歳のころのように若返った気がした。

正常位で深い抽送を何度か繰り返した。

「あっ！　んんっ！　あう！」

女の悦楽の顔は悩ましい。心地よさに笑みを浮かべることはなく、なぜか眉間に皺を寄せ、苦痛の伴った顔をする。不思議な気がするが、あるとき、それでオスの嗜虐の気持ちを煽っているのかもしれないことに気づいた。女は生まれつきそういうものを備えているのだ。

いい女の表情は悩ましく、苦痛の顔を浮かべるほどに艶めいていく。そして、表情と裏腹に、肉の悦びに満たされている。

正常位で突いていると、初音の表情を見下ろすことができるのがいい。いつまで眺めていても飽きない顔だ。眉間の皺が深くなるほど、オスとして気力が満ちてくる。まるで、その表情から強力な気が放たれているようだ。抜き差しを始めると、初音は目を閉じてしまう。それもまた風情がある。

初音の顔を眺めていたいという欲求に、正常位で抜き差しを繰り返していたが、一息つくために動きを止めたとき、これでは芸がないと気づいた。初音の美しさに、他のことを考える余裕をなくしていた。

「初音、どんなふうにされるのがいい。言ってごらん」

「いや……」

目を開けた初音は小さな声で言い、視線を逸らした。

「だったら動かないぞ」

「いけず……」

今度は恨めしそうな目を向けた。

「犯してと言ったのに、そんなことも言えないのか。どういうふうに犯してほしいんだ。うんといやらしくか？　ただ激しくか？　それとも激しくいやらしくか」

初音が黙っているので腰を浮かせ、屹立を浅いところまで出し、答えるまで動かないことにした。

「いけず……」

初音がわずかに腰を突き出した。だが、それだけ辻村は腰を引いた。

「いやらしくか、激しくか、両方か。さあ、どれがいい？」

「そないなこと……言えしまへん」

また初音が視線を逸らした。

恥じらっている初音に欲情してしまう。辻村は苦しいほど胸を喘がせた。初音の花壺の入口で、肉茎がひくついた。

「言えないということは、よほど恥ずかしいことをしてくれということか。そうだろう？」

勝手に決めつけて口にした辻村は、ますます劣情を催した。

初音の白い喉が、コクッと鳴った。

射精の誘惑から逃れるために、辻村はいったん屹立を抜いた。初音は意外だというように、気抜けした顔をした。

「いやらしいあそこがどんなになってるか見てみよう」

辻村は膕をグイと押し上げた。

「あっ！　いやっ！　かんにん！」

慌てた初音が腰を振りたくってずり上がっていく。けれど、バックボードの手前には大きな枕もあり、じきに動けなくなった。

「ジュースでベトベトだ。激しく突いたから花びらが腫れ上がって芋虫のようになってるし、充血して赤くなってる。最初はしっかり閉じていたヴァギナの入口が、太いのを頬張っていただけ、今も、もの欲しそうに口を開けてる。可愛いアヌスもヒクヒクしてるぞ」

「いやっ！　かんにん！　見んといておくれやす！　いや！　かんにん！」

上品な初音が歪んだ顔で哀願するのを見ていると、蜜にまみれた肉茎がヒクヒクと激しく首を振った。

辻村は太腿のあわいに顔を埋め、オスとメスの匂いの混ざり合った女の器官をべっとりと舐め上げた。

「いやあ！」

悲鳴に似た初音の声にゾクゾクした。

顔を上げ、初音の表情を観察した。イヤイヤと大きく頭を振りながら、荒い息をこぼしている。いっそう髪が乱れ、汗ばんだ頬や額にべっとりとへばりついて、妖気さえ漂っている。

「すり切れるほど舐めたくなった」

そう言ったものの、辻村は故意に押し上げていた脚から手を離した。

片方の膝を曲げた初音が、太腿のあわいの辻村を避け、くるりと回転してうつぶせになった。

思いどおりにうつぶせになった初音に、辻村は唇をゆるめた。秘園を隠すだろうと見当がついていた。

浴衣の紐を解き、乱れきっている裾を背中まで捲り上げた。白い豊満な尻肉が現れた。美味そうだ。

「いやっ」

初音は晒された臀部を隠そうと、背中の浴衣に手を伸ばした。

辻村はその手を握った。もう一方の手が伸びてきた。その手もつかんだ。背中を隠している邪魔な浴衣を、力ずくで脱がせていった。そして、改めて背中でひとつにした両手首に浴衣の紐をまわし、自由を奪った。

「かんにん！　かんにんしておくれやす！」

初音が肩越しに振り返って哀願した。

「犯してくれと言ったはずだ」

辻村は唇をゆるめた。

「かんにん！」

「うんと破廉恥に犯す。きっと洩らしたように濡れるはずだ」

「いやあ！」

初音の悲鳴が心地よかった。

後ろ手に両手首をくくられた初音の裸身がくねる様は、オスの本能をくすぐり、辻村を熱くした。

「望みどおり、破廉恥に犯してやるからな」

辻村の息も荒かった。

背中もシミひとつなく、毎日、シルクで磨き抜かれているように美しい。うっすら汗ばんだ皮膚が艶めかしい。

肩先を押さえ、うなじに舌を這わせた。

「あは……」

総身が硬直した。

最初から女の器官に舌を這わせるのもいいが、背中は初めての領域だけに、すべて味わってみたかった。やさしい撫で肩も甘噛みした。

「んふ……」

肩先がくねった。

肩胛骨を舐めると、総身が大きくくねった。やけに感じている。ここも初音の性感帯だ。感じないところはないと言っていいほど、どこに触れても敏感に反応する。

「かんにん……はあっ……解いておくれやす……先生……かんにん……あう」

後ろ手にくくった腕が邪魔だが、隠れていない部分を下へ下へと舐めていった。脇腹を舌で滑ったときも、初音は激しく反応した。

尻を通り越し、足首を取った。九十度に持ち上げ、透明に近い薄い桜色のペディキュアの塗られた親指を口に含んだ。

「くっ！　だめっ！」

逃げようとする足首をグイと握り締め、足指を一本ずつ口に含んでいった。

「かんにん！　かんにんしておくれやす！」

両手の自由を失っている初音は、肩先を激しくくねらせ、顎を突き上げ、躍起になって口戯から逃れようとしている。だが、うつぶせの躰に辻村が乗っていては逃げられるはずもない。

背中を辿っていたときより何倍も感じているとわかり、辻村も興奮した。初音の躰に負担をかけないように最低限の体重を重しにし、五本の足指を口に含んだ後は、足指の間を順に舌先でくすぐっていった。

「ああっ！　かんにん！　そないされると……うち、がまんできしまへん……くううっ！」

初音の総身が、みるみるうちにぐっしょりと汗に包まれていった。

「かんにん！　先生、かんにんしておくれやす！」

「やめる代わりに、何でもしていいか？」

荒々しい息を吐いている初音に尋ねた。

「よろしおす……そやから……指は……かんにんしておくれやす」

初音は荒い息の中から、やっとそう言った。

「他のことは何でもしていいんだな？」

まだ左足が残っているが、辻村は足首を放した。そして、背後から腰を高々と掬い上げた。

「いやあ！」

初音が悲鳴を上げた。

何度女達をこうやって、背後から腰だけ掬い上げて眺めたことだろう。女の器官だけでなく、後ろの排泄器官も丸見えになり、破廉恥極まりない姿がオスをそそる。

初音は他のことは何をしてもいいと言った。だが、それは感じすぎる足指の愛撫から逃れられるならと、せっぱ詰まって口にしただけだとわかっている。

そこまで追いやったのは辻村だ。高貴な花を辱める昂ぶりに血管がちぎれそうだ。

「前から見るより猥褻だな。前はビショビショだ。感じていたんじゃないか。アヌスまでひくついてる。初音のアヌスはきれいだ」

「かんにん！　かんにん！　見んといておくれやす！　かんにん！」

後ろ手に拘束されているために、肩越しに振り返った初音の躰は、膝の他は右肩と右頰だけで支えられている。

「女をこうやって見るのが一番好きだ。そして、こうやって舐めまわすのもな」

射精してしまいそうなほど昂ぶっていた。

太腿の間に顔を埋め、肉のマメから秘口、蟻の門渡りからアヌスまでを一気に舐め上げた。

「くうっ！」

激しく尻が跳ねた。

もう一度舐め上げ、今度は後ろのすぼまりの周辺から菊皺を広げるようにして舌で捏ねまわしていき、中心へと向かった。

「あう！　くっ！　んんんんっ……はああっ……ああう……かんにん」

鋭い反応を見せていた初音が、少しずつ穏やかな喘ぎを洩らすようになった。

「ああ……先生……うち……おかしなります……またおかしなってしまいます」

すすり泣くような声がした。

「うんとおかしくなれ。うんと淫らになっていいんだ」

辻村はそう言うと、やわらかい菊の皺を、またこってりと捏ねまわした。排泄器官とはほど遠い、なめらかな器官だ。

「入れておくれやす……がまんできしまへん……先生、入れておくれやす……亡くなったお父さん……うちにこないな恥ずかし格好させはって、恥ずかし道具入れて辱めはることもあったんどす……他の人にはこないな格好見せることはできへん思うてましたのに……先生がこないなことしはるやなんて……もう、うち、熱くてどうしようもあらしまへん……先生……早くうちを犯しておくれやす」

初音の哀願に、ますます昂ぶった。

「感じてるんだな？　こんなことをされると感じるのか」

「恥ずかし女です……もう……もう……がまんできしまへん」

「太いのを下さいと言うんだ」

辻村は完全に支配者になっていた。

「先生の大きいのを……おくれやす」

鼻から熱い息を噴きこぼした辻村は、透明液のしたたる肉茎で、ぬら光る秘口を貫いた。

尻だけ高く掲げさせた初音を背後から穿っていると、後ろ手にくくって両手を拘束しているだけに、シーツに当たっている頭や肩先が痛まないかと辻村は気になってきた。

貫いたまま、両手首のいましめを解いてやった。

「ワンちゃんになってもらおうか。抜けないようにゆっくりと腕を立てるんだ」

初音は言われるままに腕を立てた。

「こんな破廉恥なのが好きだろう？　破廉恥なほど濡れるようだ」

高嶺の花と思っていた祇園のクラブのママ、しかも、元名妓の初音と深い関係になることができただけでも奇跡と言っていい。それが、こうして大胆な格好をさせて交わっている。

初音の言葉に刺激されてこうなったものの、その言葉を吐かせたのは辻村の計画的な焦らしの結果だ。辻村は賭に勝ったと思った。けれど、そう仕向けたのは男とのやりとりに手慣れた初音のほうかもしれない。初音を支配した形になっているが、それも、本当は逆なのかもしれないと、ちらりと脳裏を掠めるものがあった。

後背位は刺激的で好きな体位だ。しかし、せっかくの表情が見えない。初音ほど美しく気品のある女との営みでは、どんな表情を浮かべてくれるのか、それを眺めながらの行為も大きな楽しみだ。

破廉恥な体位はやめ、屹立を抜いて仰向けにさせ、正常位に戻った。

火照った初音を見下ろすと、羞恥の表情を浮かべ、視線を落とした。長い睫毛の動きが色っぽく、ゾクゾクした。

「ずっとしてないんじゃ、あんまりすると痛いんじゃないかと思ったが、この一年、疲れ知らずの玩具で遊んでたんじゃ、大丈夫だな」

今以上に目を逸らすことができず、初音は今度は横を向いた。初音が恥ずかしがるほど苛めたい衝動に駆られ、辻村は困惑した。

「こんなことをしてるときの初音の顔は、店にいるときよりきれいだ。いくときはもっときれいになる」

辻村は屹立を深く挿入したまま、指で結合部にさわった。

「あ……」

初音がビクリとした。

「しっかりひとつになってる。ここがぬるぬるだ。こうしていじっていると、ますます濡れてくる」

肉のマメを包んでいるサヤに触れると、初音は軽く胸を突き出し、喘ぎを洩らした。

剛棒を咥えているだけに、ぷっくりした花びらが肉根の太さだけ左右に開き、貪欲な唇に見える。

花びらの尾根を撫で、サヤ越しに肉のマメを左右に軽く揺すり続けると、初音は、オスの獣欲をそそり凶暴にする被虐の顔を浮かべた。そして、半開きの口元から絶えずひそやかな喘ぎを洩らし、切ない表情を刻んで身悶えた。

指で結合部をいじり続ける辻村は、沈めた腰は動かさなかった。だが、秘口は屹立の根元をキュッと締めつけ、花壺に沈んでいる肉茎を膣ヒダが妖しく握り締めてくる。

辻村は指で初音を責めているつもりだが、腰を動かさなくても初音の蜜壺は敏感に反応し、辻村の剛棒を強烈に責め立てていた。

このままでは腰を動かさないまま果ててしまいそうだ。オスらしく腰を動かして果てたい。その前に極める初音をじっくりと観察したかった。

肉のサヤをいじる指の力を、少し強めた。

初音の腰のくねりが、力を増しただけ大きくなった。

徐々に力を入れ、包皮の下の肉のマメを責めた。それだけ剛直も花壺の中で強烈に責められることになるが、初音の絶頂が近いのもわかる。

指先は蜜でぬるぬるだ。つるりと滑りそうになる。左右に、そして円を描くように、次にまた左右にと、初音が痛がらない程度の力で、せっせとデリケートな器官を責めた。

「あう……先生……うち……うち」

初音の眉間の皺が深くなった。

「いきそうか。指でいったら太いので突いてやる」

辻村は懸命に女壺の責めに耐えながら、指を動かした。

「あぁっ！」

秘口がキリキリと屹立を食い締めた。

きれいな顎と胸を突き出して硬直した初音の絶頂の表情を、辻村はアヌスに力を入れ、歯を食いしばり、白濁液が押し出されないように耐えながら、息を止めて見つめた。

初音の法悦の波が徐々に小さくなっていくのを肉茎で感じ、完全に消える前に、ゆっくりと腰を動かした。普通に腰を動かせば、初音はすぐに次の絶頂を迎えるだろう。そうなると、今度こそ辻村も耐えられずに果ててしまう。抜き差しの時間を少しは楽しみたかった。そのために、できるだけ刺激を与えないようにと気遣った。

「ああう……先生……うち……うちまた……」

喘ぐ初音が掠れた声で言った。

「いっしょにいこう。そろそろだ」

限界に挑んでいた辻村は、肉ヒダの妖しい感触を味わい、悦楽の艶やかな表情も観察しただけに、初音がまた昇りつめそうだと知ると、耐えていた力が抜けていく気がした。

最後の激しい抽送に入った。

「あう！　先生、うち、うち、壊れます！」

「痛いか。やめるか？」

もうじき爆発する。だが、辻村は不安になって花壺を穿ちながら訊いた。

「やめんといておくれやす！　ああっ、また……くううっ！」

初音が大きな法悦を迎えて硬直した。

その瞬間、肉茎の根元がとてつもない力で締めつけられ、辻村も多量の樹液を噴きこぼした。

いっしょに果てた初音と辻村は結合を解くと、簡単にティッシュで清め、そのまま眠りの底に沈んでいった。

かすかな気配で目覚めると、初音がベッドから降り、浴衣を羽織ったところだった。

「あ……かんにんしておくれやす……起こさんように思うたんどすけど……」

「いい気持ちで寝てしまった。シャワー、先に使っておいで」

「すんまへん……じゃあ、お先に」

初音が浴室に消えると、辻村は夢を見ていたような気がした。現実だと納得するために、交わりの跡を清めたティッシュを確かめたかった。だが、どこにも落ちていない。ゴミ箱も空《から》だ。

本当に夢だったのかもしれない……。

ふっとそんなことまで考えたが、礼儀正しく何もかも行き届いている初音が、そんなものを残しておいて平気なはずがない。眠りに落ちる前か、先に起きたとき、辻村の目に入らないようにそっと片づけたのだ。

きっとそうだと、辻村は初音の慎ましやかな性格に惚れ直した。

和服に着替えたときにきれいにまとめ上げていた髪を下ろし、さっぱりした顔で出てきた初音を抱きしめたい気もしたが、すぐに交代してシャワーを浴びた。一時も早く初音のところに戻りたかった。

ソファに座っていた初音が、すぐに立ち上がり、冷蔵庫の前に立った。

「何か、お飲み物を用意します。冷たいもんがよろしおすか？　それとも温かいもんがよろしおすやろか？」

「冷たい水をもらおうか」

初音は冷蔵庫に入っていたペットボトルのミネラルウォーターを窓際に持ってきて、グラスに注いだ。

「初音は喉が渇いてないのか……？　そうか、グラスはひとつでいいんだな」

口に含んだ水を、抱き寄せた初音の口に移してやった。

飲み込むたびにコクコクとかすかな音がし、それを耳にするだけで辻村は満ち足りた気がした。

「もっとか？」

もういいというように、初音が首を振った。

「京都は近いようで遠い。だけど、初音がいやじゃなかったら、仕事以外でも、ときどき会いに行きたい。なかなか泊まりは無理でも、店に顔を出すだけなら、夕方から新幹線で往復して最終で帰るようにすればいいしな」

これきりにするには未練がある。

「そないなこと……それが奥様に気づかれへんための最良の方法やとしても、その時間では、店でふたりきりにはなれしまへん。うちが月に一度は参ります……来てもかまへん言うてくれはったらどすけど……」

信じられないような言葉だ。辻村は動悸がした。これからも初音を抱けると思うと、天にも昇る心地がした。

「僕は、一介の弁護士にすぎない。亡くなったパトロンほど金はない。芸妓になるときから面倒を見てくれたのなら、想像もできないほど裕福な人だったはずだ。高価な帯や着物を、そうそう買ってはやれないぞ。それでいいのか。ベッドの上のことなら少しは自信があるが」

初音が着ている着物や帯、身につけている小物がどれほど高価なものか、銀座のクラブ通いも長い辻村だけに、少しはわかる。半端なものを贈っても、客の前につけていくことはできないだろう。

「うち、いろんな人と躰合わせることなんかできしまへん……先生とこうなってしまいましたさかい、すぐに他のお人となんかできしまへん。あないな恥ずかしことされてしもたんどす……お父さんみたいにいやらし人とは思てまへんどした……」

恥じらうように言い、辻村の胸に顔を埋めた初音が、やけに純に思えて昂ぶった。

「いくらでもいやらしいことはできるが、何百万円もする着物や帯はな……」

最初に言っておかなければ、後で初音を落胆させることになる。そうなっては、自分も惨めだと辻村は思った。

「うち、高価なものなんかいりまへん。食べていくくらいの蓄えは残してもらいましたさかい。それに、自分で稼いでますし。でも、うちがこっちに出てくるときの着物を一枚、買《こ》うてほしいんどす。常着《つねぎ》でかましまへん。訪問着や付け下げはいりまへん。小紋か紬が欲しいんどす」

「紬もいい物でないと初音には似合わないからな。大島か結城なら百万はするな」

「ピンキリどす。いいもんなんかいりまへん。うちが着たら、何でもいいもんに見えるそうどすし」

初音が、悪戯っぽい笑みを浮かべた。

「確かに、同じものを着るにしても初音が着たら高価に見えそうだ」

「へえ、うちが着るとお値段の十倍ぐらいに見えますよって、十万のべべでも百万に見えますさかい、安いもんでけっこうどす」

また初音がおかしそうに笑った。

「着物と帯をプレゼントしよう」

辻村は、恥ずかしくない程度のものは買ってやりたかった。

「いいものを買いたいから、阪井の裁判の弁護費用をうんと値上げすることにしよう」

「そないえげつないことされると困ります……」

初音が本気にとっている。

「冗談に決まってるだろう」

辻村はやけにおかしかった。

「明日は鶴岡八幡宮に参って、その後、長谷観音と鎌倉大仏を見ておこう。最初にこれだけは見ておかないと、鎌倉に来たとは言えないからな。だけど、明日のことより今が大事だ。朝まで長いようでいて短いからな」

初音との時間が限られていると思うと、一分たりとも惜しい。辻村は初音を抱き寄せて唇を塞いだ。

この作品は二〇〇七年七月一日〜十月三十一日までスポニチに連載されていた「妖しの花」を改題・加筆修正した文庫オリジナルです。

幻冬舎アウトロー文庫

●好評既刊
継母
藍川 京

自分と五つしか違わぬ二十六歳の美しい女が父の後妻になった。盗み見た寝室。喜悦の声を上げ父に抱かれていた。だがいま憧れの裸体が目の前にある。「二人だけの秘密を持とう、継母さん」

●好評既刊
人妻
藍川 京

高級住宅地の洋館に呼ばれた照明コンサルタントの白石珠実は和服の美人・美琶子に突然、服を脱がされた。乳首を口に含まれ、ずくりと走る快感。その一部始終を美琶子の夫が隣室から覗いていた。

●好評既刊
カッシーノ！
浅田次郎

労働は美徳、遊びは罪悪とする日本の風潮に異を唱え、〝小説を書くギャンブラー〟がヨーロッパの名だたるカジノを私財を投じて渡り歩く。華麗なる世界カジノ紀行エッセイ、シリーズ第一弾！

●好評既刊
カッシーノ2！
浅田次郎

国民的人気作家が、今度はアフリカ大陸へバクチを打つ旅に出た！　所持金はマシンにのみ込まれ、勝った金はドルにも円にも両替できない大ピンチ。最後に呵々大笑できるのか!?　壮快エッセイ。

●好評既刊
出張ホスト
僕はこの仕事をどうして辞められないのだろう？
一條和樹

1800万円の借金を返すために始めた仕事が、完済したあとも辞められないのはなぜだろう。そんな不思議な気持ちを抱きながら、今夜も僕は電話で呼び出され、女性が待つ部屋へと足を運ぶ。

幻冬舎アウトロー文庫

●好評既刊
社宅妻　昼下がりの情事
真藤　怜

「少し汚れた指でされるのが、レイプみたいでぞくぞくするの」三十四歳の官僚の妻・冴子は自ら招き入れた年下の電器店修理員・俊一に乳房を揉みしだかれ、キッチンで後ろから押し入れられた。

●好評既刊
蜜と罰
館　淳一

少女の頃に預けられた伯父の家で、留守番の度に行われたお仕置き。浴室で緊縛・放置・凌辱される中で、歪んだ快楽を知ってしまった少女は、普通の行為では興奮しない大人の女性に成長した。

●好評既刊
残り香
松崎詩織

愛する姉が死んだ。私の欲望の対象は、いつだって姉だった。「おじさまがママにしたかったこと、私が全部受けとめてあげるわ」。禁断の快楽に翻弄され続ける男の性愛を描く、傑作情痴小説！

●好評既刊
舞妓調教
若月　凜

十八歳の舞妓、佳寿は結婚目前に極道の組長である囃子多に陵辱され、処女を奪われる。それからはじまる調教、緊縛、乳房から秘部にかけての刺青。執拗な辱めがいつしか少女を変えていく。

●好評既刊
人生も商売も、出る杭うたれてなんぼやで。
吉田潤喜

京都でくすぶる悪ガキが、起業を夢見てアメリカへ。現実は不法移民の極貧生活。脱出チャンスは何と、実家の焼肉ソースにあった！　儲け天国、借金地獄を繰り返しても懲りない男の上々人生!!

GENTOSHA OUTLAW BUNKO

愛《あい》の依頼人《いらいにん》

藍川京《あいかわきょう》

平成20年2月10日　初版発行

発行者——見城　徹

発行所——株式会社幻冬舎

〒151-0051東京都渋谷区千駄ヶ谷4-9-7

電話　03(5411)6222(営業)

03(5411)6211(編集)

振替00120-8-767643

印刷・製本—図書印刷株式会社

装丁者——高橋雅之

幻冬舎アウトロー文庫

ISBN978-4-344-41097-8　C0193

O-39-20